W0335042

DROEMER

ERIK BRANDT-HÖGE

Flamingo star

ROMAN

DROEMER

Besuchen Sie uns im Internet:
www.droemer.de

FSC
www.fsc.org
MIX
Papier aus verantwortungsvollen Quellen
FSC® C083411

Originalausgabe Juli 2015
Droemer Taschenbuch

Ein Imprint der Verlagsgruppe
Droemer Knaur GmbH & Co. KG, München.

Covergestaltung: Network! Werbeagentur GmbH
Coverabbildung: Carla Brno / bobsairport
Satz: Adobe InDesign im Verlag
Druck und Bindung: CPI books GmbH, Leck
ISBN 978-3-426-30449-5

2 4 5 3 1

Für Lisa

Wenn jemand fragt,
wofür du stehst, sag für Amore.

Aus »Bologna« von Wanda

1

Schwarz. Alles schwarz. Der Himmel, die Häuser, das Wasser weit unter mir, meine Hände, die ich jetzt dicht vor meine Augen halte, um zu sehen, ob sie zittern: schwarz. Die ersten Lichter sehe ich nur mit Mühe, dort hinten, wo der Fernsehturm Leuchtsignale über der Stadt verteilt. Wie Blitze schießen sie mir in die Augen, den Kopf, den Körper. Ich zucke zusammen, habe Angst, hier oben auf der Brücke, mit beiden Händen nun das eisige Geländer umfassend, die Arme ausgestreckt, mich weggestreckt von all dem Schwarz.

Ich nehme einen Schluck aus der halbleeren Flasche, blicke mich um, immer wieder, aber hier ist niemand, hier ist nur schwarze Stille.

Ich trinke weiter. Die Erinnerungen kommen zurück. Die Bilder. Endlosschleife. Ganze Filme spielen sich ab, wieder und wieder. Ich will, aber ich kann sie nicht stoppen. Sommerfilme. Ausflugsfilme. Filme von Wanderungen. Mit Mama und Vater, alles ganz scharf, und alles, als würde es noch mal und direkt vor mir passieren. Ich sehe, wie sich die schwarzen Flächen zu einer bunten Leinwand formieren.

Ich war fünf, als wir das erste Mal gemeinsam wandern waren. Vaters Idee. Im Gegensatz zu Mama, die es an freien Sommertagen liebte, sich hinter der Villa in den

Garten zu legen, zu lesen, zu dösen, einzuschlafen, einfach faul zu sein, hatte Vater etwas gegen »diese Müdigkeit«, wie er das nannte, was er bei Mama beobachtete und was er auch bei mir bemerkte, denn ich lag gerne neben Mamas Liege im Gras, spielte an ihren herabbaumelnden Händen, legte meine Finger um ihre, träumte mit.

Vater aber wollte nicht träumen. Er wollte »noch etwas schaffen«, und wenn er Mama und mich dort liegen sah, meinte er immer: »Und ihr solltet das auch.« Vater konnte nicht anders. Er konnte nicht nichts tun. Und wenn er schon nicht auf Dienstreise, im Gericht oder Büro war, sondern mit Mama und mir draußen, musste er dort zumindest irgendetwas leisten. Und Leistung draußen, das hieß für Vater vor allem eines: wandern.

Mama und ich stöhnten, wenn Vater wieder mit seinem Wanderführer vor unseren Nasen herumwedelte. Das alte Ding mit den vergilbten Seiten, den ausgefransten Ecken, den Schwarzweißfotografien von Trampelpfaden, die alle gleich aussahen, jedenfalls kam es mir so vor, und das nicht nur auf dem Papier, dieses Büchlein aus einer anderen Zeit und Welt war ihm irgendwie wichtig. Es war sein Plan. Ein Plan für die Momente, in denen er eigentlich gar keinen Plan brauchte, so wie Mama und ich keinen brauchten, einfach nur müde herumlagen, an nichts dachten und es genossen, wenn die Sonnenstrahlen uns wärmten.

Dann redete Vater so lange auf Mama und mich ein, bis wir mit ihm ins Auto stiegen und irgendwo hinfuhren, wo es laut Wanderführer besonders schön war. Zusammen fuhren wir raus aus Berlin und nach Brandenburg. In die Sächsische Schweiz. In den Harz. Ins Erzgebirge. Kein Weg war Vater zu weit, wenn er uns nur dorthin führte, wo laut Katalog jeder Mensch einmal gewesen sein musste.

Und wenn wir da waren, angekommen im angeblichen Wanderparadies, stapfte Vater sofort drauflos. Schnelle, lange Schritte. Immer vorne weg. Mama und ich mussten zusehen, dass wir hinter ihm herkamen, dass wir mithielten bei seinem Tempo. Vater nahm uns kaum wahr, wenn er die vorgeschriebenen Wege entlanghastete Richtung Wanderziel, das immer ein Gipfel, ein See oder einfach nur der Startpunkt der Wanderung war.

Wenn es mir gelang, auf einer Höhe mit Vater zu gehen, versuchte ich, seine Hand zu nehmen. Ich griff danach, wie ich nach Mamas Hand griff, wenn wir zusammen unterwegs waren. Mama ging mit mir Hand in Hand. Aber wenn ich nach Vaters Hand fasste, zog er sie weg. Steckte sie in die Jacken- oder Hosentasche. Suchte nach irgendetwas und war es nur ein Taschentuch, mit dem er sich schnell die Nase putzen konnte, wenn das auch nicht nötig war. Vater ließ mich ins Leere greifen. Tat so, als hätte er meine Hand gar nicht bemerkt, und ging noch einen Schritt schneller, »Los jetzt, wir haben noch einiges vor«, trieb er uns an, ohne sich dabei umzudrehen.

Ich sah dann rüber zu Mama, die mir ein Lächeln schenkte. Sie lächelte Vaters Abweisung einfach weg. Kam zu mir, streichelte mir über den Kopf und gab mir ihre Hand zum Weiterwandern.

Das sehe ich jetzt im Schwarz: Vater zieht alleine davon, ruft weiter Sätze wie »Kommt endlich!« und »Nicht schlappmachen!«, eine Hand in der Tasche, die andere den Wanderplan haltend, und als ich genauer hinsehe, ist da doch niemand mehr, niemand, nicht Vater, nicht Mama, nur noch Dunkelheit.

Ich lockere die Arme. Mit den Fingerspitzen fahre ich über die rauhe Oberfläche der Metallstangen, immer wieder, bis sie sich gar nicht mehr kalt anfühlen. Ich gehe in die Hocke, sehe durch die Lücken zwischen den Stangen. Schwarz und schwarz und schwarz und schwarz. Die Flasche fällt um und durch eine der Lücken von der Brücke. Leise höre ich sie auf dem Wasser aufschlagen. Ich atme schnell, richte mich wieder auf. Lege eine Hand flach auf die Längsstange, die andere darauf. Presse die eine fest auf die andere. Strecke die Arme wieder durch, spanne mich an. Langsam drücke ich mich hoch. Ich werde ganz leicht. Spüre den Boden unter den Füßen nicht mehr. Bin schon in der Luft und sehe nach unten. Das bisschen Mond, das die Wolken hergeben, blitzt in der Tiefe.

2

Vier Monate zuvor

Ich kann nicht glauben, dass er das sagt. Zusehen solle ich, sagt er, mit der Zeitung vor dem Gesicht und dem Mund voll mit Kaffee und Croissant, zusehen, dass ich vorankomme. Er vermisse den Biss. Ich solle mir ein Beispiel nehmen an ihm.

Ich sage zu all dem nichts. Nicht, weil ich über den Biss nachdenke oder über irgendetwas, das Vater sagt. Ich schweige, weil das alles so klingt, jetzt, beim Frühstück an diesem wolkenlosen Morgen, an dem weißgelbes Licht das Esszimmer flutet und vor der Villa der Springbrunnen feine Wasserbogen in den Teich plätschert, weil in diesem Moment Vaters Worte klingen, als wäre es selbstverständlich, sich danach zu richten. Genau das will ich nicht.

Ich sehe aus dem Fenster. Ab und zu schwenkt mein Blick zu Frau Wehmann, die neben der Wanduhr steht und wie immer zur Essenszeit wartet, dass sie irgendetwas tun kann, dass Vater ihr irgendwas aufträgt, und die, wenn Vater mal nichts sagt, doch immer etwas findet, das rund um den Tisch noch getan werden kann. Jeden meiner Blicke erwidert Frau Wehmann mit einem Lächeln. Mit Verständnis. Frau Wehmann versteht mich wirklich. Sie weiß, was ich von Vaters Ansagen halte. Wie es mir damit geht. Wie sehr mir Mama fehlt.

»Ich bin am Wochenende nicht da«, sage ich zu Vater,

und der sagt: »Aha.« Mehr nicht. Seine Art mir zu zeigen, was er davon hält, vom Wegsein übers Wochenende, nämlich nichts, und in Vaters »Aha« steckt noch mehr als die bloße Kritik an meinen Plänen. Vater will wissen, was ich mir dabei denke. Das will er immer, wenn er nur »Aha« sagt. Vaters »Aha« ist seine Kurzform für: »Was soll das, Justus?«

Und ich tue ihm den Gefallen. Ich antworte: »Ich darf zwei Abende im *Flamingo* spielen, das ist gut, sehr gut, das muss ich machen.«

»*Musst* du also.«

»Muss ich wirklich, die haben mir das angeboten, von sich aus, das machen die so schnell nicht wieder, ich hab lange auf so was gewartet, das ist wichtig.«

»Wichtig wofür?«

»Für ...«

»... deine Zukunft? Deine Klavierspielerzukunft? Dein Rumlungern in billigen Kneipen? Wach endlich auf, Justus!«

»Kann ich euch noch was bringen?«, fragt Frau Wehmann freundlich dazwischen, wohl weniger, weil sie uns tatsächlich noch etwas auftischen möchte, als um uns zu beruhigen. Um zu schlichten, solange es noch etwas zu schlichten gibt.

Ich lächle ihr zu, »danke«, sage ich, und Frau Wehmann lächelt zurück.

»Jedenfalls bleibst du am Wochenende hier«, sagt Vater, »du kannst mir helfen, im Büro, da ist einiges liegengeblieben.«

»Was?«

»Ich zahle natürlich.«

»Nicht dein Ernst«, sage ich und das jetzt schon lauter, schon etwas wütend, denn das, was Vater da sagt, kann ich nicht fassen.

In aller Ruhe blättert er weiter in der Zeitung. Dahinter höre ich ihn ins Croissant beißen und das Kaffeeporzellan klirren. Ich warte auf eine Antwort, aber Vater sagt nichts.

»Das ist doch Scheiße!«, sage ich.

»Ach, Justus …«, sagt Vater und lehnt sich mit der Zeitung ein Stück weit zurück.

»Was, ach Justus?«

»Ich frage mich«, sagt Vater, beißt noch einmal hörbar in den blättrigen Teig und spricht mit vollem Mund weiter, »ich frage mich, wann du endlich vorhast, erwachsen zu werden. Wann du endlich was Sinnvolles tust.«

»Ich glaub, ich spinne!«, rufe ich über den Tisch in die Zeitung, diese hauchdünne, schwarz-weiße Wand zwischen uns, die Vater weiter hochhält und über die ich mich immer mehr ärgere, auch weil ich mir sicher bin, dass Vater darin kein Wort liest.

»Ich hole mal frischen Kaffee«, sagt Frau Wehmann und klingt jetzt schon ernsthaft besorgt, »sonst noch etwas aus der Küche? Ruhrei ist noch da, Brötchen gibt es noch, und …«

»Wenn du glaubst«, unterbricht Vater sie, nimmt die Zeitung endlich runter und grinst mich künstlich-freundlich an, »wenn du glaubst, dass du hier tun und lassen kannst, was du willst, dann liegst du falsch, Justus.«

»Was hab ich denn gemacht?«

»Nichts, Justus, das ist es ja, nichts, gar nichts hast du

gemacht. Zum Beispiel hast du dich immer noch nicht eingeschrieben.«

Einen Moment lang herrscht Stille. Nur das Plätschern von draußen ist durch ein geöffnetes Fenster zu hören. Ansonsten: unangenehme, lange Ruhe. Frau Wehmann geht Richtung Küche, und ich bin sicher, sie hofft, dass, wenn sie zurückkommt, Vater und ich uns schon besser verstehen, aber genau das wird nicht passieren, ganz bestimmt nicht, denke ich, auch weil ich gar keine Lust habe, mich mit Vater zu verstehen, nicht wenn er weiter so gegen mich ist, gegen meine Pläne, die Musik, das *Flamingo,* einfach gegen alles, was mich ein kleines bisschen glücklich macht. Ich will Vater nicht, wie er jetzt ist.

Ich sage weiter nichts. Ich warte auf Vater, warte, dass er was sagt, und beschließe, ihn dann einfach reden zu lassen, ihn mir seine Meinung noch mal groß und breit sagen zu lassen. Ihn machen zu lassen. Keine Energie mehr an ihn zu verschwenden. Mich nicht mehr an Vater abzurackern. Jetzt erstmal ruhig bleiben, denke ich, das ist jetzt das Beste, mehr kann ich nicht tun, bloß nicht noch mal vom *Flamingo* anfangen, das geht nicht gut, das kann nicht gutgehen, das macht jetzt keinen Sinn.

Vater faltet die Zeitung zusammen, legt sie neben seinen Teller auf den Tisch. Er trinkt noch einen letzten Schluck, drückt sich langsam aus seinem Stuhl, steht auf, geht in meinem Rücken auf und ab.

»Überleg's dir«, sagt er und klopft mir dabei zweimal auf die Schulter.

»Mann!«, schreie ich auf, drehe mich ruckartig um und stoße mit der Stuhllehne so heftig gegen den Tisch, dass meine Kaffeetasse umfliegt. Die heiße, braune Brühe verteilt sich zwischen dem restlichen Geschirr.

Frau Wehmann eilt mit einem Tuch herbei, stellt mit einer Hand die Tasse wieder auf und legt mir die andere kurz auf die Schulter, aber ich beruhige mich nicht.

»Scheiße!«, schreie ich wieder, dass Frau Wehmann zusammenzuckt, »Scheiße, Vater, lass endlich diese Scheiße«, aber es bringt nichts, Vater gibt nicht nach, kein bisschen.

Stattdessen wird auch er lauter: »Ein Studium ist wichtig. Jura wäre gut für dich.«

»Du hast sie echt nicht mehr alle«, sage ich, stehe auf und gehe mit schnellen Schritten zur Tür, als Vater noch mal ausholt: »Mama wollte das auch.«

Wieder Bilder. Ich erinnere mich.

Ich kämpfte mit den Tränen. Meine Hände zitterten, als ich von den Zetteln ablas, was ich über Mama aufgeschrieben hatte. Wie toll sie war. Wie groß ihr Herz war. Wie umwerfend schön sie unsere Welt gemacht hatte und wie sie jeden Tag versucht hatte, sie noch schöner zu machen. Wie leer alles und wir ohne sie waren.

Um mich herum weinte und schniefte die Trauergemeinde, einige fassten sich an den Händen, stützten einander. Und Vater? Vater stand da und rührte sich nicht. Er verzog keine Miene, sagte kein Wort. Sein Blick fiel in die tiefe, schwarze Grube. Zentimeter für Zentimeter glitten die dicken Sargseile durch die Hände von sechs älteren Männern mit Zylindern, quälend langsam ging das, bis Mama ganz unten angekommen war. Als die Kiste nicht mehr zu sehen war, sah Vater über das Grab hinweg, scheinbar über die gesamte Gräberlandschaft und die Hecke, die den Friedhof umrahmte, die dicken Eichen an der Straße und die ersten Häuserdächer, immer weiter und über alles hinweg, ins Nichts. Vaters Blick war ziellos. Still und versteinert hing er in seinen schwarzen Klamotten, die Krawatte schief, das Hemd teils aus der Hose. Er stand da und ließ passieren, was passieren musste. Regungslos. Teilnahmslos. Nur seine Finger bewegten sich, zupften an den Blütenblättern der weißen Rose, die er in einer Hand hielt und die noch zur Hälfte mit knisterndem, durchsichtigem Plastik bedeckt war, lieblos verpackt, wie ich Blumen nur aus den Regalen von Tankstellen und Raststätten kannte. Vater zupfte die Blütenblätter einfach ab, eins nach dem anderen, und wenn ich zu ihm rübersah, bekam ich Angst, dass es am Ende für Mama keine Blüte mehr gab.

Und jetzt das: »Deine Mutter wollte, dass du studierst. Sie hat sich das sehr gewünscht.«

»Nein!«, sage ich, während ich mich wieder zu Vater umdrehe. »Nie, nie, nie hätte sie das gewollt.«

»Sie wollte, dass du eines Tages in meiner Kanzlei …«

»… einen Scheiß wollte sie.«

»Jura sollst du studieren, das hat sie gesagt. Du sollst die Kanzlei übernehmen. Ach, Justus, wenn du wüsstest …«

»… was denn? Wenn ich was wüsste?«

»Wenn du wüsstest, worüber deine Mutter und ich gesprochen haben.«

»Ich weiß nur, worüber Mama und *ich* gesprochen haben, nämlich über deinen Scheißjob und dass du alles kaputt machst damit, weil du immer nur im Büro bist.«

Vater stockt. Er geht zum Fenster, fährt sich mit einer Hand durch die Haare und noch mal. Unruhig wirkt er jetzt, fast unsicher, sagt schließlich nur: »Ich war da.«

»Ja, bei der Arbeit, jeden Tag, jeden Scheißtag, Vater.«

»Du begreifst es nicht, Justus, du begreifst es einfach nicht.«

»Wenn hier einer was nicht begreift, dann ...«

»... Schluss jetzt! Mach endlich was! Los! Geh zur Uni!«

»Hättest du gerne, oder? Wenn ich das jetzt einfach mal machen würde: zur Uni gehen und Jura studieren. Das wär's, oder? Aber weißt du was? Mach ich nicht! Vergiss es! Ich bin nicht da, um dir zu gefallen.«

»Denk an Mama.«

»Mama hätte gewollt, dass ich glücklich bin.«

»Zu jedem Glück gehört Sicherheit. Du willst ein schönes Leben? Dann brauchst du Geld, und das liegt nicht in dreckigen Nachtclubs.«

»Arschloch«, sage ich leise und verlasse den Raum, während Vater mir mahnend nachruft: »Wie gesagt, Justus: Überleg's dir gut.«

3

Ein schleichender Blues schwappt über den gelbbraun verbrannten Rasen in Herrn Sommers Garten, als ich an der Zaunpforte ankomme. Herr Sommer spielt am Flügel eine Basslinie und improvisiert, summt und singt dazu, »dab-da-da-dab-da«, ich höre ihn bis hier vorne und sehe durch die weit geöffnete Schiebetür an der Fensterfont, wie der kleine dicke Mann auf seinem Hocker im Takt wippt, und ich muss schmunzeln, wenn der rundliche Körper vor dem Flügel wie das Pendel eines Metronoms hin und her schlägt.

Ich hebe das morsche Holz der Pforte, es schlurft über die trockene Erde, die zwischen Schotterstraße und Gras frei liegt. Hier, am Rand der Stadt, ist der Sommer noch mehr zu spüren, denke ich. Hier ist der wolkenlos blaue Himmel noch blauer, die Sonne noch stärker, noch wärmer.

Ich gehe über den Rasen, die dünnen, zerbrechlichen Halme, bis vor die Schiebetür. Ich will warten, bis Herr Sommer nicht mehr spielt. Nur wartet Herr Sommer nicht mit.

»Komm rein, mein Junge«, ruft er mir zu, während seine rechte Hand über die Tasten flitzt, »du musst doch da nicht in der Hitze stehen, komm rein, hier ist es schön kühl, sollst mal sehen!«

Im Haus ist es tatsächlich sehr luftig. Zwei Ventilatoren stehen auf mannshohen Stangen links und rechts vom Flügel. Der gemachte Wind weht durch Herrn Sommers Wohnzimmer, dass ihm die paar grauen Haare, die er noch hat, zu allen Seiten abstehen. Langsam lässt er sein Spiel ausklingen, der Bass wird leiser, und mit der rechten Hand fährt sich Herr Sommer schon über den fast kahlen Kopf.

»Weißt du, was das war?«, fragt er und sieht dabei an mir vorbei in den Garten.

»Blues?«

»Blues ...«, sagt Herr Sommer und schüttelt müde lächelnd den Kopf, »Blues ist das schon lange nicht mehr. Und das da eben, das war wirklich alles, aber kein Blues. Das war lahm. Ich werde alt, mein Junge, das ist wohl einfach so, da muss ich jetzt durch.«

»Sie werden doch nicht alt«, sage ich und setze einen strengen Blick auf.

»Ach, Jussi, wenn schon lügen, dann richtig, was!?«

Wir lachen.

»Wie geht es deinem Vater?«, fragt er, und ich weise ihn darauf hin: »Sie lenken ab.«

»Stimmt«, lacht Herr Sommer einfach weiter.

Ich nehme mir einen der alten Polsterstühle, die weiter hinten im Zimmer um einen kleinen runden Tisch herumstehen, stelle ihn neben Herrn Sommers Hocker und ziehe mein Aufgabenheft aus dem Rucksack.

»Er ist nicht gerade begeistert«, sage ich.

»Nicht begeistert wovon?«

»Von meinen Auftritten im *Flamingo*.«

»Du trittst im *Flamingo* auf? Stimmt das wirklich?«

Herr Sommer ist plötzlich ganz aufgeregt, steht auf

und klatscht in die Hände, setzt sich wieder hin und steht schon wieder auf.

»Kaffee?«, fragt er.

»Gerne.«

Es quietscht, als Herr Sommer das rostige Buffet öffnet und zwei Tassen samt Untertassen aus den oberen Fächern nimmt.

Er stellt sie auf den kleinen Tisch neben den Flügel, drückt das rote Knöpfchen auf der Thermoskanne, die immer neben seinem Hocker steht. Der Dampf verweht schnell, als er uns beiden eingießt.

»Das sind tolle Neuigkeiten, mein Junge.«

»Vater sieht das leider anders«, sage ich.

»Was meinst du denn mit anders?«

»Er ist dagegen.«

Herr Sommer nickt.

»Sagen Sie jetzt nicht, Sie können das verstehen.«

Herr Sommer spitzt die Lippen, fährt sich erneut über den Kopf. »Zumindest versuche ich es.«

Ich gebe ihm das Aufgabenheft.

»Ich glaube«, sagt er, »dein Vater macht sich Sorgen. Weil er nicht weiß, was Musik alles kann. Dass sie vielleicht mehr kann als ein sicherer Job.«

Ich sehe auf den Boden, die dunklen Perserteppiche mit den weißen Fransen, die rissigen Dielen. »Er könnte ja auch einfach mal stolz sein.«

»Gib ihm etwas Zeit. Er ist in einer schweren Phase.«

»Er ist gerade voll das Arsch.«

»Aber nein. Er ahnt nur, wie gut du bist und dass du es schaffen kannst. Er will dich einfach nicht verlieren. Nicht auch noch dich.«

»Erst gestern meinte er wieder, ich solle irgendeinen Büroscheiß für ihn machen. Er würde auch zahlen.«

»Siehst du: Er will dich bei sich haben. Er braucht dich jetzt.«

»Könnte auch einfach zu meinen Auftritten kommen.«

»Und dabei zusehen, wie du dich langsam, aber sicher in die große weite Welt verabschiedest?«

»Wie ich meine Lieder spiele.«

Wir nippen an unseren Tassen. Das dünne Porzellan ist so heiß geworden, dass es an den Lippen brennt. Herr Sommer lächelt milde, als er seine Tasse zurück auf den Tisch stellt. Er blättert im Heft, Seite für Seite nach vorne, bis er bei den Aufgaben angelangt ist, die er mir beim letzten Mal gegeben hat. Er kneift die Augen zusammen, um seine eigene Schrift zu entziffern.

»Vielleicht werden Sie wirklich alt«, sage ich und grinse.

»Vielleicht«, sagt Herr Sommer und grinst auch.

4

David und ich stehen auf der *Flamingo*-Bühne, der kleinen quadratischen Fläche gegenüber der Bar, auf der gerade genug Platz ist für mein E-Piano, ein altes *Fender Rhodes,* für den Verstärker und die Gesangsanlage, aus der jetzt Kaffeehausmusik strömt, leicht aufnehmbare Harmonien unterlaufen von dumpfen Beats, die bis unter die Bühnenbretter dringen.

Der rotbraune Lack auf dem knarrenden Holz ist größtenteils abgeblättert. Ein Brett hat einen durchgehenden Riss, wodurch eine Hälfte nach oben steht und auf der Bühne zur Stolperfalle wird. In der Mitte des *Flamingos,* zwischen Bühne und Bar, dreht sich langsam die Diskokugel, die jetzt, ohne das bunte Diskolicht, nur wenig Glitzern in den Raum wirft. Unter der Kugel hängt noch der Geruch von letzter Nacht, ein Mix aus Zigaretten, Bier und Schnaps, der einen sofort überfällt, sobald man einen Fuß in den Laden setzt. David hält den Zettel mit der Setlist ins Scheinwerferlicht, das von zwei Masten links und rechts von der Bühne auf uns fällt und das so warm ist, dass es mich langsam ins Schwitzen bringt. David schwitzt auch. Sein hellblaues Shirt hat unterm Kragen schon einen dunklen Halbmond gezogen. Der Schweiß tropft David von der Stirn, und es riecht, als schwitze er die gestrige Party einfach aus. Dazu raucht er ununterbrochen, eine Zigarette hat er immer im Mund und nimmt sie erst raus, wenn sie bis zum Filter runtergebrannt ist.

David hält die Setlist hoch und ins Licht. Er scheint nicht erkennen zu können, was darauf steht, wohl wegen meiner Krakelschrift, denke ich, oder wegen der Kaffeeflecken auf dem Papier, die mir beim Frühstück darauf getropft sind, jedenfalls kneift David die Augen zusammen und verzieht angestrengt sein Gesicht.

»Das willst du spielen?«, fragt er, die Zigarette in den linken Mundwinkel geklemmt.

»Ja, sieben Lieder, dauert nicht lange«, sage ich, »jedes Lied drei, vier Minuten, halbe Stunde zusammen, wenn überhaupt.«

David nickt, während er weiter auf die Setlist sieht. Er drückt seine Zigarette am Bühnenrand aus, lässt sie einfach fallen und greift in eine Hosentasche, und weil seine Jeans so eng anliegt, braucht er eine Weile, bis er einen Stift herausziehen kann. Er winkelt ein Bein an, legt die Setlist auf seine zerrissene Jeans und fängt an zu schreiben. Er kritzelt und streicht in der Setlist herum. Ab und zu schüttelt er den Kopf. Ich frage erstmal nicht, was er da macht. Ich warte ab.

Als David den Stift wieder einsteckt, nickt er zufrieden vor sich hin. Noch einmal hält er den Zettel ins Licht, prüft, was darauf steht. Dann kriege ich ihn zurück.

»So könnte es passen«, sagt David, »so geht das irgendwie, aber nichts mehr verändern, das bleibt alles so.«

Ich sehe mir den Zettel an. Überall sind jetzt Zahlen und Kreuze und Kringel und Striche. Zwei Songtitel sind ganz durchgestrichen, zwei andere wurden von David geändert. Aus »Mitte-Liebe« hat er »Big City Love« gemacht, aus »Leinen los, Burlesquemädchen« wurde »Strip Down, Dirty Girl«.

»Was soll das denn, wieso sind da zwei Songs durchgestrichen, und wieso heißen die hier jetzt anders?«, frage ich.

»Ist besser so«, sagt David, »glaub mir, ist wirklich besser.«

Ich sehe ihn erstaunt an: »Is'n Scherz, oder?«

»Sei froh, dass du mich hast«, sagt David, stapft die drei Stufen von der Bühne herunter und geht Richtung Bar, und schon von weitem ruft er der Bardame zu: »Zwei Lagen, Hella, und nicht so pingelig, schön voll machen, die Dinger.«

Ich sehe David nach. Dann sehe ich noch mal auf die Setlist. Scheiße, denke ich, auch weil mir klarwird, dass ich keine andere Wahl habe, als die Änderungen zu akzeptieren. Gegen David habe ich keine Chance. Nicht im *Flamingo,* wo David der Chef ist. Nicht der Besitzer, aber der Betreiber, und der bestimmt nun mal, was hier gespielt wird und was nicht. Schon neulich hatte David mir nahegelegt, ich solle mir auf die Auftritte im *Flamingo* bloß nichts einbilden, bloß nicht arrogant werden, hat er gesagt, das wären nur Ausnahmen, Gefallen, ziemlich große sogar, schön dankbar solle ich ihm sein, dafür habe er einen gut, ach, eigentlich zwei oder drei. Ist wohl besser, denke ich, ich spare mir ein Gemecker wegen der Setlist, wenn auch weder die Kürzungen noch die geänderten Titel Sinn machen, schon gar nicht der Wechsel vom Deutschen ins Englische, so ein Quatsch, denke ich, aber ich sage nichts. Solange ich hier spielen darf, heute und morgen Abend, soll David doch machen, was er will, ich halte den Mund. Und folge ihm zur Bar.

»Das ist übrigens Hella«, sagt David und deutet auf die Bardame, die mich nicht ansieht, als sie mir vorgestellt wird, und stattdessen Gläser poliert, eine Kaugummiblase nach der anderen bläst und mit einem Fuß gegen irgendwas unter der Bar tritt, immer wieder, immer kräftiger, »fuck«, ruft sie einmal, »immer dasselbe in dem Scheißladen hier«.

»Hella macht heute Abend die Getränke«, sagt David.

»Cool«, sage ich.

»Nichts ist cool«, sagt Hella, »gar nichts ist cool, und wenn hier heute Abend immer noch nichts funktioniert, geh ich direkt wieder nach Hause, hast du gehört?« Hella wirft David einen bösen Blick zu. »Irgendwann ist auch mal gut«, sagt sie und lässt eine Blase laut platzen: plopp!

»Nett, oder?«, sagt David. Er grinst mich an und nickt rüber zu Hella.

»Schnauze«, sagt Hella, tritt noch mal zu, anscheinend mit Erfolg, denn sie sagt: »Geht doch«, und lässt das Treten jetzt sein.

»Siehst du, alles gut«, sagt David und grinst weiter.

Hella hat nicht mehr als ein ironisches »Ja, ja« dafür übrig, bevor sie das Küchentuch aus der Hand legt, unter den Tresen greift und eine Stange mit Haken hervorzieht, den sie an einer Holzluke vor sich im Boden festmacht. Schwungvoll zieht sie die Luke hoch, klappt sie nach hinten und steigt in den Getränkekeller hinab.

»Richtig so«, sagt David, »nicht aus der Ruhe bringen lassen, immer weitermachen, immer ran an die Arbeit.«

Aus dem dunklen Schacht ragt Hellas Antwort heraus, eine geballte Faust und ein ausgestreckter Mittelfinger.

»Na na!«, sagt David.

»Fick dich«, sagt Hella, bevor auch ihr Finger im Dunkeln verschwindet. Von unten hallt noch ein leises Ploppen zum Tresen.

David zündet sich die nächste Zigarette an und greift zu einem der beiden Biere, die frisch gezapft vor uns auf dem Tresen stehen. Zum Bier gibt es Wodka, der die Lage, wie David die Bier-Wodka-Kombination nennt, komplettiert.

»Prost, Jung«, sagt David und stößt mit seinem gegen mein Bierglas, bevor ich es anheben kann.

»Prost«, sage ich und nehme einen großen Schluck und gleich noch einen. Es ist erst Mittag, aber das Bier schmeckt schon, und natürlich wirkt es schnell, viel schneller als sonst, ich merke es sofort.

»Herrlich«, sagt David zufrieden, rülpst laut und knallt sein Glas auf den Tresen, »gibt nichts Besseres, hab ich recht oder hab ich recht?« Ohne eine Antwort von mir abzuwarten, fährt er einfach fort: »Eben.«

Unten ist Hella zu hören. Flaschen klirren, und es klingt, als schiebe sie Fässer und Kisten hin und her.

»Hella schafft zwei Kisten auf einmal«, sagt David, »das schafft außer ihr keiner, nicht mal die Typen, sollst mal sehen, damit kommt die gleich hoch, das macht die mit links, da kennt die nichts.«

»Nicht schlecht«, sage ich, mehr aus Höflichkeit als tatsächlich von Hellas Kräften beeindruckt, wenn ich jetzt auch ein bisschen gespannt bin, ob sie gleich wirklich mit zwei Kisten aus dem Schacht steigt.

»Hella, Hella, Hella«, feuert David sie an, »Hella, Hella!«

»Arschloch«, kommt von unten zurück.

»Hella, schneller, Hella, schneller«, ruft David.

»Fick dich, fick dich, fick dich«, ruft Hella und klingt schon wieder näher, sie kommt langsam hoch.

Ihre Haare, ein schwarzes, krauses Lockenmeer, das sie offen und zu allen Seiten wild abstehend trägt, wippen auf und ab, als sie zügig Stufe für Stufe nimmt, und weil sie beim Treppensteigen nach unten blickt, glänzt ihr gräulicher Liedschatten unter den Locken im Tresenlicht. Das sieht elegant aus, irgendwie glamourös, finde ich, als ich den nächsten Schluck trinke und die Bierwirkung genieße. Und der rote Lippenstift, der sich glänzend von Hellas fast schwarzer Haut abhebt, verleiht ihr zusätzlich etwas Feines, fast Zartes. Hella ist eine echte Dame, denke ich, wenn sie sich auch nicht sehr damenhaft gibt, eigentlich gar nicht. Vor sich her trägt sie jetzt tatsächlich zwei Bierkisten, flucht erneut laut, als sie mit einem Fuß zwischen zwei Stufen hängenbleibt und ins Straucheln gerät, »fuck«, bevor sie schließlich das Bier und sich selbst aus dem Schacht hievt.

»Was hab ich gesagt?«, fragt David. »Was hab ich gesagt?«

»Zwei Kisten, hast du gesagt«, sage ich.

»Das kann nur eine«, sagt David und hält sein Bierglas hoch in die Luft, »das kann nur Hella.«

Hella steht jetzt vor uns, stützt sich am Tresen ab und schnauft angestrengt, während sie David ansieht, wieder mit bösem Blick. »Du kannst mich mal«, sagt sie.

Plopp!

»Das ist mein Mädchen«, sagt David, nimmt den Wodka vom Tresen und kippt ihn runter.

Hella schüttelt den Kopf. Dann sieht sie mich an. »Und du spielst heute hier, oder was?«

»Ja, heute und morgen«, sage ich.

»Was spielst du denn?«

»Klavier. Und ich singe.«

»So Balladen, oder was? So Schnulzenzeug?«

»An sich eher nicht«, sage ich, »eher andere Sachen.«

»Jussi ist der Billy Joel vom *Flamingo*«, sagt David und nippt an seinem Bier, »der Paul Kuhn ausm Kiez, wenn man so will, nicht mehr und nicht weniger, so sieht das aus, darauf trinken wir, prost noch mal.«

»Interessant«, sagt Hella betont uninteressiert.

»Hör's dir an, wenn du Bock hast«, sage ich.

»Muss ich ja wohl«, sagt Hella, »ich mach die Bar.«

»Von Hella kriegst du heute das Bier«, sagt David, »wie gesagt. Aber keinen Schnaps! Schnaps kriegst du nicht, Hella weiß Bescheid. Nicht dass du später irgendeinen Scheiß machst, alles schon erlebt, kenn ich alles schon, brauch ich alles nicht, kapiert?«

»Ich pass auf ihn auf«, sagt Hella, die immer noch leicht gereizt klingt, mir jetzt aber tatsächlich ein kurzes Lächeln schenkt.

5

Der Laden ist nahezu leer, als ich vor Hella am Tresen sitze und das letzte Bier vor meinem Auftritt bestelle. Besser das vorletzte, denke ich, denn vor den paar Leuten, die rund um die Bühne stehen, spiele ich nicht. Vor so wenig Publikum will ich nicht spielen. Will ich einfach nicht. Und Herr Sommer ist auch noch nicht da.

Eigentlich keine gute Einstellung, denke ich, eine Scheißeinstellung ist das eigentlich, Beleidigte-Leberwurst-Scheiße ist das, das ist mir schon klar. Wenn ich jetzt schon so starmäßig drauf bin, sehe ich nie Land, was meine Karriere angeht, wenn man das überhaupt schon eine Karriere nennen kann, denke ich, selbst das ist überheblich, was ich habe, ist keine Karriere, was ich habe ist ein Auftritt im *Flamingo* vor zehn Leuten, wenn ich richtig gezählt habe, und ich weiß nicht mal, ob die zehn wegen mir hier sind oder einfach nur sehr früh dran für die Disko, die später stattfindet, und sich schon mal rantrinken und alles mitnehmen, was nebenher läuft, im Notfall auch einen singenden Typen am Rhodes. Ich blicke rüber zur Bühne und den Leuten. Vorfreude sieht anders aus, denke ich, und als ich genauer hinsehe und noch mal durchzähle, zähle ich nicht mal mehr zehn, ich zähle nur acht.

Nervös kippele ich mit dem Barhocker und hoffe, dass bald mehr kommen, und ich hoffe es so sehr, dass man es mir ansehen muss, zumindest Hella scheint es zu sehen.

»Mach dir mal nicht ins Hemd«, sagt sie und versenkt ein Bierglas im Spülbecken, »das wird schon.«

»Klar wird das«, sage ich und denke: Wenn Hella wüsste.

»Na also«, sagt sie, und ich folge ihren nass glänzenden Händen, die immer wieder zwischen Spülwasser und Abtropfbecken hin- und herschwenken, und erst jetzt fällt mir auf, dass Hella sich umgezogen hat. Vorhin trug sie noch hellblaue Jeans und ein weißes Achselshirt, jetzt hat sie ein graues Kleid an, elegant-grau, wie ich finde, passend zum Lidschatten. Das Kleid ist oben so weit geschnitten, dass beim Spülen ein Träger herabfällt und Hellas linke Schulter freilegt. In Taillenhöhe schwingt sich ein neongelber Gürtel um den schimmernden Stoff. Ich versuche, unbemerkt über den Tresen zu sehen, bis ich erkennen kann, wie weit das Kleid geht und welche Schuhe Hella dazu trägt. Bis zu den Schuhen reicht mein Blick nicht, dafür sehe ich viel Bein, weil Hella viel Bein zeigt, das Kleid endet weit über den Knien.

Als ich zu Hella hochsehe, grinst sie verschmitzt. Die kriegt auch alles mit, denke ich, und ihr Grinsen ist mir unangenehm, ach, war ja auch blöd, denke ich, einfach mal über den Tresen gucken und das Kleid checken, aber was soll's, denke ich, ist jetzt auch egal, ist alles egal, so schnell werde ich hier sowieso nicht mehr auftreten, vielleicht nicht mal mehr herkommen, nicht mal zum Biertrinken, schon gar nicht bei Hella am Tresen, denn mein Konzert wird der größte Reinfall der *Fla-*

mingo-Geschichte, das vergisst David nie, und wenn Hella ihm dann noch von meinem Geglotze am Tresen erzählt, gibt mir das den Rest, dann brauche ich hier nicht mehr aufschlagen, eigentlich kann ich jetzt sofort gehen.

»Wann fängst du denn an?«, fragt Hella.

»In 'ner halben Stunde bis Stunde.«

»Also in 'ner halben«, sagt sie und beginnt, ein sauberes Glas nach dem anderen auf Zehenspitzen stehend in die Fächer über der Bar einzusortieren. Als sie fertig ist, sagt sie: »Und jetzt, Schnaps trinken.«

»Schnaps trinken?«

»Hab ich doch gesagt.«

»Soll ich doch nicht.«

»Was?«

»Schnaps trinken.«

»Wieso das denn nicht?«

»Hat David gesagt.«

Wir grinsen uns an, und Hella öffnet den Kühlschrank unterm Tresen. Grelles Licht fällt in den Barbereich, die goldenen, sternförmigen Ohrringe, die Hella unter ihrem Lockenball trägt, blitzen auf. Flaschen klirren. Irgendwas ist umgefallen, zumindest klingt es so, und Hella scheint nicht zu finden, wonach sie sucht.

»Zum Kotzen ist das«, sagt sie.

Als sie wieder hochkommt, hält sie zwei Zitronen in der einen und eine etikettlose Flasche in der anderen Hand, die halbvoll mit einer durchsichtigen Flüssigkeit ist. Hella knallt alles vor sich auf den Tresen.

»Tequila«, sagt sie, und es klingt wie ein Befehl. Mit ein paar gekonnten Messerschnitten hat Hella die Zitronen in Scheiben zerteilt und hält mir zwei davon unter die Nase. »Das mit dem Salz wird überschätzt«, sagt sie.

»Sowieso«, sage ich, nicht nur, weil ich Hella nicht widersprechen will, sondern weil ich es genauso sehe wie sie.

»Wir trinken auf deinen besten Song. Wie heißt der?«

»Wie, mein bester Song?«

»Na, dein bester Song. Deine geilste Schnulze.«

»Schnulze?«

»Dein größter Hit! Wie heißt der denn jetzt?«

»Weiß ich nicht.«

»Was weißt du nicht?«

»Wie mein größter Hit heißt. Und ob ich überhaupt so was habe.«

»Du musst doch einen Hit haben. Jeder Musiker muss einen Hit haben, mindestens einen. Wenn du keinen Hit hast, gibt's auch keinen Schnaps.«

»Das ist doch Quatsch.«

»Kein Hit, kein Schnaps.«

»Warte«, sage ich, »ich muss mal eben überlegen.«

Ich überlege wirklich. Habe ich bisher noch nie gemacht, also ernsthaft überlegt, was mein bester Song ist, nicht mal, woran ich den festmachen könnte, meinen besten Song. Am Titel? Am Text? An der Melodie? Ich versuche, mich zu erinnern, was Herr Sommer mal über Hits gesagt hat oder besser: über »nachhaltige Songs«. »Hits« würde Herr Sommer nie sagen, auch wenn er Hits meint. Jedenfalls glaube ich, dass er mal erzählt hat, nachhaltige Songs wären immer sehr einfach gemacht. Weil die Leute Einfachheit mögen. Einfachheit wäre der Schlüssel zum Erfolg, hat Herr Sommer gesagt, und: Wer einfach kann, kann praktisch alles. Nur: Kann *ich* einfach? Habe *ich* einen einfachen Song? Einen, auf den sich viele einigen können, eben weil er so einfach ist?

»Was ist denn jetzt?«, fragt Hella genervt. »Ich will den Hit, los, sonst gibt's keinen Schnaps.«

»Alles klar, alles klar ... also ...«, mache ich erneut eine Denkpause.

»Laaangweilig«, gähnt Hella künstlich.

»›Big City Love‹«, sage ich schnell.

»›Big City Love‹?«

»Heißt eigentlich ›Mitte-Liebe‹.«

»›Mitte-Liebe‹?«

»›Mitte-Liebe‹.«

»Ich glaub, mir wird schlecht.«

»Was?«

Hella schenkt Tequila in zwei kurze Gläser. »Nichts«, sagt sie, »also dann, auf ›Big City Love‹.«

»›Mitte-Liebe‹.«

»Was denn jetzt?«

»›Mitte-Liebe‹. Auf ›Mitte-Liebe‹.«

»Gut. Prost.«

»Prost.«

Hella kippt den Tequila runter und verzieht dabei keine Miene. Souverän, denke ich und muss mir Mühe geben, mich nicht zu schütteln, als das kalte Zeug meinen Gaumen berührt und der beißende Nachgeschmack sich darüberlegt. Ich kneife die Augen zusammen, und als ich sie wieder öffne, sehe ich Hella, die in ihre Zitronenscheibe beißt, und wie sie reinbeißt, da möchte man keine Zitrone sein, denke ich, kein Tropfen entgeht Hella, als sie das gelbe Ding zwischen ihren Zähnen zerfleischt. Als sie die Scheibe wieder aus dem Mund nimmt, gibt es von der nur noch den Rand.

»Keine Zitrone?«, fragt sie mich.

»Doch, doch«, sage ich, beiße in meine Scheibe und schüttele mich kurz.

»Schnulzenjunge halt«, sagt Hella und verschränkt grinsend die Arme vor dem Bauch, triumphierend sieht sie mich an, »große Schnulzen, nichts dahinter«, sagt sie und lacht jetzt laut, bevor sie sich wieder an die Tresenarbeit macht.

Ich sage nichts dazu, denn mir fällt nichts sein, sosehr ich mich anstrenge, jetzt irgendwie cool zu bleiben, vor Hella stark zu sein, ich kriege einfach nichts Passendes raus. Auch egal, denke ich, gegen Hella komme ich eh nicht an.

»Mit dem Hit musst du anfangen«, sagt Hella, jetzt mit dem Rücken zu mir, »den Hit immer zuerst. Machen alle so. Also alle, die einen Hit haben. Und du hast ja einen, die Big-City-Schnulze …«

»›Big City Love‹.«

»Von mir aus. Auf jeden Fall musst du den zuerst spielen. Dann sind die Leute gleich voll drin.«

»Yo.«

Yo, denke ich, bescheuerter ging es auch nicht. Yo! Spätestens jetzt weiß Hella Bescheid, nun gibt es keine Zweifel mehr: Meine Coolness war nur gespielt. Alles Fassade. Ein einziger Fake.

»Also«, sagt Hella und scheint von meinem Yo gar nicht beeindruckt, »die Superschnulze zuerst.«

»Auf jeden Fall«, sage ich schnell, »gleich vorneweg.«

Hella grinst, schenkt uns nach, wir stoßen an, und während ich erneut mit dem Geschmack kämpfen muss, zwinkert Hella mir zu und sagt: »Dann ist ja gut.«

6

Als ich mit dem Ziegefinger auf das Mikrofon tippe, strömt feiner Staub heraus. Die winzigen Teilchen schwirren im Scheinwerferlicht um das Mundstück wie ein Schwarm Mücken in der Abendsonne. Dahinter erkenne ich nur die Umrisse einzelner Menschen. Es sind tatsächlich noch welche gekommen, etwa dreißig, schätze ich, sind jetzt da. Herr Sommer leider nicht, immer noch nicht, ich kann ihn nirgends sehen. Die dreißig, die ich sehe, stehen direkt vor der Bühne, auf der ich mit wackligen Knien am Rhodes sitze und nicht weiß, wann und wie ich anfangen soll. Ich blicke auf meine Hände, kalt und nass und schwer liegen sie auf den schwarzen und weißen Tasten, auf denen die bunten Lichtstrahlen der Bühnenanlage tanzen, und die tanzen so schnell, dass sie mich noch nervöser machen, als ich ohnehin bin. Die Aufregung lässt mein Herz bis zum Hals schlagen. Ich schwitze stark, einzelne Schweißtropfen fallen auf die Tasten. Mir wird schwindelig. Die Angst vor dem Auftritt wird immer größer. So groß, dass ich am liebsten unbemerkt von der Bühne steigen und abhauen würde. Ist das schon Panik? Kann ich vielleicht noch zurück? Die sofortige Antwort: eintretende Stille. Hella dreht die Anlage leiser, immer leiser, bis es keine Musik mehr im *Flamingo* gibt. Bis ich die Musik sein soll.

Ich höre Gläser klirren. Leises Gelächter. Knarrendes Holz. Die Geräusche im *Flamingo* werden eins. Flamingosound. Den kenne ich, klar, schon tausendmal gehört, klingt immer gleich, und jetzt doch irgendwie neu. Jetzt irgendwie schwer. Das Gewicht der Geräusche, dazu die stickige Luft, dieser an sich ganz normale, jeden Abend im *Flamingo* wahrnehmbare Geruchsmix aus Alkohol, Rauch und süßem Parfüm setzt mir irgendwie zu. Ich muss mich ziemlich zusammennehmen, um jetzt, kurz bevor ich beginne, nach vorne zu sehen. Ins Publikum. Ich schaffe es nur mit gesenktem Kopf. Einige sind vertieft in Gespräche, andere stoßen mit ihren Getränken an, lassen sich Feuer geben, rauchen, sind gut gelaunt, auch ohne meine Musik. Das Gefühl, dass ich ihnen einfach egal bin, kommt auf und wird stärker. Jetzt, denke ich, jetzt oder nie, ich muss anfangen, mich dazu zwingen, und als ich das denke, denke ich plötzlich auch an Vater, der so sehr dagegen war, dass ich hier sitze. Dem das wohl gefallen würde, meine Angst, meine Unsicherheit. Und vielleicht ist es der Gedanke daran, es könnte ihn treffen, wenn ich das hier jetzt schaffe, wenn ich es irgendwie hinbekomme, ein Gedanke wie Rache, der mich dazu bringt, dass ich es will, unbedingt, und ich spüre meine Finger, wie sie sich langsam krümmen und das harte Plastik berühren, den leichten Widerstand der Tasten, den Anschlag. Ich höre Töne. Den ersten Akkord. Den weichen Bass. Ich fange tatsächlich an. Ich spiele mein erstes Lied.

Mitte-Liebe a.k.a. Big City Love

Strophe 1:
Weit, weit vor der Stadt
Weit vor den Häusern
Grauen Türmen mit Augen
Weit vor den Lichtern
Grell leuchtenden Bildern
Weit vor den Wilden
Euphorisch Blinden
Weit, weit auch vor dir
Sitz ich auf der Mauer
Drei Sterne leuchten zu mir

Chorus:
Mitte-Liebe, oh meine Mitte-Liebe
Liebst du mit mir
Siehst du auch die Sterne
Kennst du dieses Gefühl
Kennst du den Himmel
Wärst du nicht gerne hier

Strophe 2:
Grüne, gelbe und rote
Strahlen fechten dort oben
Lange Degen aus Laser
Sag tanzt du dazwischen
Tanzt du deinen Tanz
Tanzt, tanzt, tanzt und tanzt
Verschenkst du dein Herz
An einen, der's nicht tragen kann

Ich hätt es so gerne
Vielleicht irgendwann

Chorus:
Mitte-Liebe, oh meine Mitte-Liebe
Liebst du mit mir
Siehst du auch die Sterne
Kennst du dieses Gefühl
Kennst du den Himmel
Ich wär gerne bei dir

Bridge:
Ich fang an zu träumen
Du und ich Hand in Hand
Auf dem Weg zu den Sternen
Auf ewig wir zwei
Sag Mitte-Liebe, träumst du mit mir
Sieh mal, da oben
Ich glaub, da leuchten wir

Chorus 2x:
Mitte-Liebe, oh meine Mitte-Liebe
Liebst du mit mir
Siehst du auch die Sterne
Kennst du dieses Gefühl
Kennst du den Himmel
Ich wär gerne bei dir

Der letzte Akkord klingt aus, hallt leise nach. Ich traue mich nicht, hochzusehen. Will nicht in die Gesichter der Leute sehen, die direkt vor der Bühne stehen. Blicke nur auf die schwarzen und weißen Tasten, das Pedal, das alte Bühnenholz und höre das Rhodes, das immer leiser wird. Und dann höre ich: Klatschen. Verhaltenes Klatschen. Zwei, vielleicht drei Leute klatschen. Dann ein paar mehr. Noch mehr. Ich wage einen ersten Blick. Sieht gut aus, was da vor der Bühne passiert. Die Leute sehen entspannt aus, irgendwie zufrieden. Sie lächeln. Lächeln mich an. Und klatschen weiter. Ich hebe meinen Kopf, Zentimeter für Zentimeter, meine Mundwinkel zittern noch vor Aufregung und Angst, wie versteinert sehe ich einfach geradeaus und die Leute an, die immer noch klatschen, und weiter hinten höre ich sogar welche, die pfeifen und jubeln, nur kurz, aber sie pfeifen und jubeln wirklich, vielleicht ja auch Herr Sommer, vielleicht ist er noch gekommen, steht hinten in der letzten Reihe und applaudiert mit. Die Vorstellung davon tut sehr gut. Mir gelingt ein Lächeln, das kriege ich jetzt hin.

»Danke«, sage ich vorsichtig ins Mikrofon, »vielen Dank.«

Ich drehe mich zur Bar. Auch Hella klatscht. Überrascht sieht sie aus, ein bisschen beeindruckt. Irgendwie auch froh. Als unsere Blicke sich treffen, nickt sie mir zu. Ein anerkennendes Nicken ist das, das kenne ich noch nicht von Hella, das ist neu, und beim Anblick der nickenden Hella vergesse ich fast alles um mich herum. Von Hellas Lippen kann ich zwischen den Kaugummikaubewegungen ein deutliches »Los! Los!« ablesen, und ihre Augen werden groß. Ich soll weiterspielen, meint sie, sofort, gleich den nächsten Song hinterher. Und als es um mich herum wieder ruhiger wird, bin ich auch bereit. Ich spiele weiter. Ich spiele:

Leinen los, Burlesquemädchen a.k.a. Strip Down, Dirty Girl

Strophe 1:
Du magst es langsam
Sagst hey, jetzt bist du dran
Jetzt kriegst du mich ganz
Und glaub mir, ich kann's
Ziehst von deinen Beinen
Den endlosen, feinen
Hauchdünnen Stoff
Oh, was kommt da noch

Chorus:
Leinen los, Burlesquemädchen
Spiel weiter dein Spiel
Du spielst es so herrlich
Bitte spiel's nur mit mir

Strophe 2:
Du hebst den Rock hoch
Sagst, ist aber heut bloß
Heut Nacht, du und ich
So schön gefährlich
Fährst mir durchs Haar
Ein-, zwei-, dreimal
Setzt dich auf mich drauf
Oh, du kennst dich aus

Chorus:
Leinen los, Burlesquemädchen

Spiel weiter dein Spiel
Du spielst es so herrlich
Bitte spiel's nur mit mir

Bridge:
Es rutschen die Träger
Das Kleid fällt herab
Sieh genau hin, sagst du,
Genieß, was du jetzt hast
Du lachst mich an
Lachst mir ins Gesicht
Ja, ich genieße
Alles, was du mir gibst

Chorus 2x:
Leinen los, Burlesquemädchen
Spiel weiter dein Spiel
Du spielst es so herrlich
Bitte spiel's nur mit mir

Als ich den Refrain zum dritten Mal singe, summen und singen einige mit. Nicht laut und nicht besonders euphorisch, aber ein bisschen euphorisch, und das macht, dass meine Riesenangst, die nach dem ersten Song schon viel kleiner geworden war, jetzt zu einer Miniangst schrumpft. Als auch dieser Song vorbei ist und die Leute noch lauter klatschen als nach dem ersten, spüre ich, wie mein Rücken gerader wird. Wie ich mich aufrichte. Irgendwie stolz werde. Und als ich noch mal zu Hella sehe und sie nur grinst, glaube ich fast, sie ist auch stolz auf mich.

»Cool«, entfährt mir meine Freude ins Mikrofon, und natürlich ist es überhaupt nicht cool, jetzt so etwas zu sagen, das weiß ich, das denke ich auch kurz, aber es kam ganz automatisch, ich konnte gar nichts dafür. Das, was ich vor mir sehe, die applaudierenden Menschen, die weiter grinsende Hella, bewirken in mir ein so starkes Gefühl, einen enormen Druckabfall, eine Genugtuung auch, dass es mir ebendieses eine, ehrliche, vollkommen uncoole »Cool« entlockte. Zwei Songs, knapp sechs Minuten Musik und Gesang, und mein Selbstbewusstsein auf der Bühne wird groß und größer, viel größer, als ich dachte, dass es werden könnte, wenn es hier oben tatsächlich gut laufen würde. Nachgedacht habe ich viel darüber, über Erfolg mit meiner Musik. Ich habe davon geträumt. Geglaubt aber habe ich daran nicht. Erst jetzt, unter den bunten Lichtern im *Flamingo,* fange ich an, auf mich und meine Songs zu bauen. Ich fange an, mir zu vertrauen.

7

Es ist kurz nach drei, als ich mein Handy in der Hosentasche spüre. Ich ziehe es aus der Jeans, und der Klingelton mischt sich unter die Gitarrenklänge, die jetzt aus allen Boxen kommen und die Masse im *Flamingo* zum Tanzen bringen.

»Wer ist das denn?«, ruft Hella mir ins Ohr.

Seit meinem Auftritt nimmt sie sich Auszeiten von der Bar, lässt zwei andere Mädchen ran, die als Verstärkung gekommen sind, um die mittlerweile gut zweihundert Leute im Laden zu bedienen.

Herrn Sommer habe ich nicht mehr gesehen, nach dem Auftritt aber eine Kurznachricht von ihm bekommen, *großartig, mein Junge, ganz großartig,* stand darin, und es war nicht nur schön, das zu lesen, was ich seitdem immer wieder tue, es war auch gut zu wissen, dass er da war, irgendwann, irgendwo, er war da, und zwar bis zum Schluss, denn die Nachricht kam nach dem letzten Lied. Herr Sommer hat mich gehört, live, und es hat ihm gefallen. Das fühlt sich toll an. Und Hella ist auch noch da.

Sie ist anders zu mir, seit sie mich gehört hat. Irgendwie freundlicher, lockerer. Und sie sucht Körperkontakt. Zwischendurch, wenn wir lachen, legt sie mir eine Hand auf die Schulter oder lehnt sich kurz an mich. Es gefällt mir, was Hella da macht. Selbst ihren schroffen Ton finde ich gar nicht mehr schlimm: »Ey Schnulzenjunge, einer geht noch«, sagt sie und grinst immer wieder, und ich grinse zurück. Nach einigen Bieren und noch mehr Tequila ist es fast, als flirteten wir. Vielleicht gehe ich zu weit, wenn ich das als Flirt sehe, aber vielleicht sehe ich das auch genau richtig, vielleicht ist das ein Flirt, schlecht fände ich das jedenfalls nicht, auch weil Hella mit ihren glänzenden Augen, dem locker hängenden Kleid, den großen, knalligen Lippen und so ganz nah bei mir immer attraktiver auf mich wirkt. Manchmal, wenn sie es nicht merkt oder ich das zumindest glaube, sehe ich ihr in den Ausschnitt, auf die glänzende, dunkle Haut, und wenn sie sich umdreht und zurück zur Bar geht, fällt mein Blick auf ihren Po, der vom dünnen Stoff umschlungen wunderbar rund aussieht. Hella hat etwas, denke ich, und ich genieße es, jetzt mit ihr hier zu sein.

Als ich aufs Display sehe, steht da »Vater« als Anrufer, und ich frage mich, ob ich Hella erzählen soll, wer es ist, und ob ich rangehen und mit Vater sprechen soll, ob das jetzt Sinn macht, es ist schließlich mitten in der Nacht, und ich bin im *Flamingo,* was Vater nicht wollte, warum also mit ihm sprechen, jetzt, da doch alles so schön ist. Ich habe keinen Grund, ans Handy zu gehen, gar keinen, da ist nichts, weshalb ich es tun sollte, und ich ärgere mich, dass ich das immer noch blinkende, klingelnde Handy nicht einfach zurück in die Tasche stecke und stattdessen tatsächlich zu Hella sage: »Ich komm gleich wieder.«

»Was ist denn?«, melde ich mich im einigermaßen ruhig gelegenen, schmalen Gang zu den Toiletten. Ich lehne mich an einen Zigarettenautomaten, nippe am Bier, das ich schnell noch vom Tresen genommen habe.

»Du musst mir helfen«, sagt Vater, und obwohl seine Stimme leise und schwach klingt, macht sie etwas mit mir.

Ich bin plötzlich hellwach. Nüchtern in Sekunden. Ich kann kaum glauben, was ich da höre, verstehe nicht, was Vater meint, und bin doch alarmiert.

»Hörst du, Justus, du musst mir helfen!«

»Was muss ich? Ist alles okay bei dir?«

Von Vater kommt nichts. Ich höre nur ein Rascheln und Klirren und Vaters Atem, stoßartig atmet er aus.

»Rauchst du etwa?«, frage ich.

»Darum geht es hier nicht.«

»Was soll das?«

»Hilf mir!«

»Wobei denn? Wobei soll ich dir helfen?«

Pause.

Dann wieder Vater: »Scheißtabletten ... diese Scheiß... ich hätte ... Mama hätte ...«

»Was meinst du? Was für Tabletten?«

»All die Jahre.«

»Verdammte Scheiße, Vater, was ist los?«

»Sie hat das nicht gewollt. Ganz sicher nicht. Sie hat dich so geliebt.«

Wieder Stille. Ich kann nichts sagen, und Vater sagt auch nichts mehr. Sein Satz trifft mich wie ein Schlag. Er trifft mich mitten ins Herz.

»Justus?«

»Ja?«

»Gut.«

»Was ist gut?«

»Du bist noch dran.«

»Ja, klar bin ich noch dran.«

»Sie wäre auch stolz auf dich.«

Ich denke gerade über das »auch« in Vaters letztem Satz nach, als er schon wieder ansetzt: »Einmal, ich weiß gar nicht mehr, wann das war … das war … warte mal …«

»Was denn, Vater?«, unterbreche ich ihn, wenn ich auch langsam Mitleid mit ihm bekomme.

»Ich weiß es nicht mehr, nun, jedenfalls: Mama und ich sitzen draußen im Garten, Frau Wehmann bringt Kaffee, und Mama sagt: Jussi wird mal ein Star. Einfach so. Aus dem Nichts. Das muss man sich mal vorstellen.«

»Wann war das?«, frage ich.

»Du warst gerade zehn.«

»Und was war daran so schlimm?«

Wieder höre ich Gläser aneinanderstoßen, es klingt, als schenke Vater sich etwas ein.

»Nichts, überhaupt nichts«, sagt Vater und lässt es ironisch klingen.

»Du bist betrunken«, sage ich.

»Na und?«

»Leg dich hin. Gute Nacht.«

»Halt!«

»Was ist denn?«

»Ich muss dir noch was erzählen.«

»Dann mach schnell, ich hab noch was vor.«

»Was denn?«

»Geht dich nichts an. Und überhaupt: Du bist einfach nur betrunken.«

Ein Feuerzeug klickt. Wieder atmet Vater stark aus. »Mama hat mich noch mal angerufen.«

»Wann?«

»Nach dem Unfall. Aus dem Auto.«

Mein Herz rast, mein Körper wird starr.

»Was hat sie gesagt?«

»Gib Jussi einen Kuss.«

Ich ringe nach Luft, drücke mich vom Automaten weg und mit dem Rücken fest gegen die Wand. Da sind Tränen in meinen Augen.

»Bist du noch dran?«

»Was hat sie gesagt?«

»Gib Jussi einen Kuss. Das hat sie gesagt: Gib Jussi einen Kuss. Das war das Letzte.«

»Das Allerletzte?«

»Mehr wollte sie wohl nicht.«

Alles dreht sich. Ich verliere den Halt. Und Wut steigt auf.

»Wieso?«, frage ich.

»Wieso was?«

»Wieso erzählst du mir das?«

»Sie war deine Mutter.«

»Scheiße!«, schießt es aus mir heraus.

Und Vater sagt: »Ich weiß.«

»Nichts weißt du.«

»Was erlaubst du dir!?«

»Was ich mir erlaube? Du fragst mich, was ich mir erlaube? Willst du mich verarschen? Willst du mich hier wirklich verarschen?«

Klick. Kaltes Tuten. Vater ist weg.

Ich gehe zurück zur Bar, Hella steht wieder hinter dem Tresen. Sie lächelt, als sie mich sieht, und ich würde so gerne, aber ich kann nicht, ich versuche nicht mal zurückzulächeln.

Ich beuge mich zu ihr und sage: »Danke für alles.«

»Was ist denn?«, fragt Hella und lässt es laut ploppen.

»Muss mal nach Hause.«

»Jetzt?«

»Notfall.«

»Mein Schnulzenjunge muss ins Bett! Hat Papi angerufen und gefragt, wo du bleibst?«

»Hör auf mit dem Scheiß.«

»Okay, okay, ist ja gut.«

»Ich erklär dir das später.«

»Kommst du noch mal wieder?«

»Morgen, weißt du doch.«

»Und dann wieder Schnaps und Schnulzen und danach an der Bar?«

»So machen wir das.«

8

Frau Wehmann beugt sich zu mir, als sie den Kaffee einschenkt. Besorgt sieht sie mich an. Sieht mir tief in die Augen. Anscheinend versucht sie in meinem Blick zu erkennen, wie es mir nach letzter Nacht geht.

Als ich nach Hause kam, lag Vater schon im Bett und schlief. Frau Wehmann erzählte mir, dass er irgendwann nach Wein verlangt habe, eine ganze Flasche habe er alleine getrunken. Dann habe sie ihm Whiskey bringen müssen, Einwände zwecklos, sie habe es ihm ausreden wollen, mehrmals, habe ihm gesagt, er hätte genug gehabt, aber er habe nicht darauf reagiert und einfach weitergetrunken. Nach unserem Telefonat habe er sein Weinglas halbvoll mit Whiskey gefüllt und das Zeug mit schnellen Schlucken heruntergeschlungen. Das habe ihn erledigt, er habe Mühe gehabt, noch das Zimmer zu wechseln, und sei mit Kleidung und Schuhen aufs Bett gefallen.

Jetzt sitzt Vater da, die Zeitung erneut als Wand aufgebaut. Er schmatzt und schlürft Kaffee. Sagt nichts. Kein Wort von letzter Nacht.

»Wollen wir noch mal …?«, suche ich das Gespräch, aber Vater unterbricht mich sofort.

»Ich bin erstmal nicht zu erreichen, Frau Wehmann, es gibt viel zu tun. Bringen Sie mir das Mittagessen bitte ins Arbeitszimmer, um eins, nicht später.«

Vater steht auf, legt die Zeitung auf den Tisch. Er schenkt mir keinen Blick. Er geht aus dem Esszimmer, als wäre nichts gewesen. Als wäre das gestern gar nicht passiert. Als hätte er mir von Mamas Anruf nicht erzählt, ihrem letzten Satz, dem letzten Wunsch. Vater geht einfach weg.

»Ich bin heute Nacht wieder im *Flamingo*«, rufe ich ihm hinterher.

Und Vater verlässt den Raum ohne ein weiteres Wort.

Zwei Stunden später sitze ich bei Herrn Sommer am Flügel. Fingerübungen. Czerny. Ich kann mich kaum konzentrieren. Komme ins Stocken, immer wieder. Meine Finger stolpern über die Tasten, mein Spiel klingt schrecklich, jedenfalls für mich. Für Herrn Sommer nicht. Er nennt das, was ich da mache »hochinteressant« und lächelt. Ich seufze, lasse den Kopf hängen.

»Spielst du heute Abend die gleichen Songs?«

»Glaub schon.«

»Gut.«

»Mal sehen.«

»Wieso denn mal sehen? Das war gut gestern, mein Junge, wirklich, sehr schön. Wenn du die gleichen Songs spielst, kann dir nichts, aber gar nichts passieren. Hast du noch Angst?«

»Bisschen. Nicht mehr so viel.«

»Aber etwas bedrückt dich noch.«

Ich sehe raus, durch die geöffnete Schiebetür in den Garten. Die Luft ist schwer heute, die Wärme drückt. Der Himmel hat sich zugezogen. In der Ferne grummelt es schon. Nur hier drinnen, zwischen den rauschenden Ventilatoren, ist es gut aushaltbar.

»Vater hat mitten in der Nacht angerufen, er war betrunken, und er meinte irgendwas von Tabletten.«

»Tabletten?«

»Waren nur so Fetzen: Tabletten. All die Jahre. Mama. Und dass sie mich geliebt habe.«

»Das ist aber schön.«

»Was?«

»Dass er dir das gesagt hat.«

»Und die Tabletten?«

Herr Sommer folgt meinem Blick nach draußen.

»Weißt du, manchmal sind Tabletten wichtig. Manche Menschen brauchen Tabletten, deine Mutter vielleicht auch.«

»Vater sagte was von all die Jahre.«

»Ja, vielleicht hat deine Mutter die Tabletten lange gebraucht, das ist nicht ungewöhnlich.«

»Klang aber so. Klang ziemlich schlimm.«

Ich bekomme feuchte Augen, nicht schon wieder, denke ich, Scheißgeheule, und verstecke die Tränen mit einem Blick zur Seite, aber Herrn Sommer entgeht nichts.

»Ist ja auch schrecklich traurig«, sagt er.

»Und viel zu krass.«

»Ja, mein Junge, da hast du recht. Aber ich denke, du musst ihm vertrauen.«

»Einen Scheiß muss ich. Er war doch der Grund für die Tabletten.«

»Hat er das gesagt?«

»Würde er nie zugeben.«

»Und du weißt es nicht genau.«

»Doch.«

»Du weißt nur von Tabletten, mein Junge, nur das bisschen vom Telefon, und glaub mir, es lohnt sich nicht, daraus mehr zu machen, es ist doch alles hart genug.«

»Vielleicht«, sage ich und nicke vor mich hin.

»Weißt du was, Jussi?«

»Was?«

»Wir lassen den Czerny heute Czerny sein.«

»Echt?«

»Heute spielen wir nur noch Schönes. Wir improvisieren. Vierhändig. Und du spielst die Soli.«

9

Ich nehme die S-Bahn. Die fettige Haltestange umfassend, den Kopf schräg ans Türglas gelehnt, rausche ich vorbei an kleinen Grünflächen und schmalen Wegen neben den Schienen, auf denen Jogger Spaziergänger überholen. Kinder winken der Bahn hinterher. Hier draußen ist die Welt noch in Ordnung, möchte man denken, wenn man hier so langfährt.

Mama hat mal gesagt, wer hier langfährt, darf nicht glauben, was er sieht. Wir saßen zusammen beim Essen, Mama, Vater und ich, und sprachen über die Gegend. Unsere Gegend. Mama hatte eine klare Meinung. Sie war skeptisch. Sie wüsste nicht, ob die Villa und das Drumherum das Richtige für uns wären, sagte sie. Und Vater sagte, sie solle endlich zufrieden sein mit dem, was sie hat. Mutter fragte lachend, was sie denn noch habe, und Vater legte Messer und Gabel zur Seite, putzte sich den Mund ab, warf ihr einen kurzen Blick zu und verließ den Raum. Ging einfach weg. Kein Wort mehr von ihm.

Es war der Abend nach meinem sechzehnten Geburtstag, den ich mit zwei Freunden bei uns im Garten gefeiert hatte. Wir hatten reingefeiert. Die beiden Jungs waren zuvor noch nicht bei uns gewesen. Allgemein hatte ich selten Besuch. Vater sagte, ich solle mich aufs Lernen konzentrieren, mich auf den nächsten Schultag vorbereiten. Ich solle meine Energie nicht für unnötige Treffen verschwenden.

Als ich sechzehn wurde, hielt ich zum ersten Mal dagegen. Ich hatte keine Lust mehr, auf Vater zu hören.

»Mir egal«, sagte ich, als er mir am Tag zuvor noch erklärte, er würde es gut finden, wenn ich an meinem Geburtstag nichts zu Hause machen würde, zumindest niemanden einladen würde.

Und ich sagte: »Meine Jungs kommen vorbei.«

Ich hatte es geschafft, hatte mich gegen Vater durchgesetzt. Klar, er hätte sie rausschmeißen können, aber Rausschmeißen, das wusste ich, war nicht Vaters Ding. Das würde er nicht tun. Und das tat er auch nicht. Was er stattdessen tat: Er kontrollierte das Geschehen. Als meine Freunde und ich im Garten saßen und Bier tranken, womit ich Vater zusätzlich provozierte, stand er auf dem Balkon und beobachtete uns. Trafen sich unsere Blicke, sah ich, wie er kochte, und grinste einfach zu ihm hoch. Vater sagte nichts dazu. Er stand nur da, war präsent, aber irgendwie machtlos, und ich genoss jeden Moment.

Meinen Freunden erzählte ich nicht von Vaters Art, und offenbar ahnten sie auch nichts.

»Voll das Paradies hier«, meinte einer der beiden.

»Megakrass«, der andere.

Und als ich am Tag darauf Mama und Vater beim Essen erzählte, wie sehr der Schein trüge, stimmte Mama mit ein. Eben bis Vater ging.

Ich denke an die beiden Jungs, während die Gegend draußen an mir vorbeizieht. Ich weiß, dass einer von ihnen jetzt im Ausland ist, ein Jahr reisen und arbeiten in

Australien, das war immer sein Traum. Der andere hat ein Studium angefangen und eine feste Freundin, meldet sich kaum noch. Ein bisschen trauere ich den Freundschaften nach. Und ich beneide die Jungs. Nicht um Australien, das Studium oder die Freundin. Vielmehr, weil sie glücklich sind, einfach glücklich. Scheinbar sorgenfrei.

Ich bin nicht wirklich fit. Die kurze Nacht macht sich bemerkbar, immer wieder fallen mir die Augen zu, nur das Wackeln und Ruckeln der Bahn und die lauten Gespräche der anderen Fahrgäste machen, dass ich hier nicht einschlafe. Auch mein Telefon trägt dazu bei, das ab und zu wegen neuer Nachrichten piepst und vibriert und das jetzt wie letzte Nacht plötzlich laut schellt. Ich kann nicht sehen, wer anruft, die Nummer ist unterdrückt. Vater wird es nicht sein, denke ich, der ruft mich so schnell nicht wieder an, der hat erstmal genug von mir.

Ich denke an Hella. Nicht das erste Mal heute. Aber auch die kann es nicht sein, denke ich. Oder habe ich ihr meine Nummer gegeben? Ohne weiter zu überlegen, gehe ich ran.

»Du musst hier mal herkommen«, höre ich eine dunkle Männerstimme, die ich nicht kenne, »aber beeil dich, ich muss heute noch woanders hin.«

»Wer ist denn da?«

»Martin, hier Martin. Martin Groba.«

»Kenn ich nicht.«

»Wen kennst du nicht?«

»Dich.«

»Martin Groba!«

»Ja, ja, aber ich kenne keinen Martin Groba.«

»So, so.«

»Sorry.«

»Egal, du musst jetzt mal herkommen, gibt was zu besprechen.«

»Was denn? Und wohin soll ich überhaupt kommen?«

»Ist wegen letzter Nacht. Wegen dem Auftritt. Kann man so machen, muss ich schon sagen. Und jetzt musst du mal herkommen, ins *Flamingo*.«

»Ich wollte eigentlich erst in ein paar Stunden …«

»Nein, geht nicht, ich muss gleich wieder weg.«

»Wenn ich nicht weiß, worum's geht …«

»… wirst du dann schon sehen, und jetzt los! *Flamingo!*«

Im *Flamingo* steht David mit einem Mann in einem grauen Parka an der Bar und trinkt Bier. Als er mich sieht, eilt er auf mich zu. Der Mann im Parka bleibt am Tresen, sieht David nur hinterher.

»Das ist Martin Groba«, flüstert David mir ins Ohr und zeigt dabei mit einem Daumen nach oben.

»Wer ist denn Martin Groba?«

»Keine Ahnung, aber klingt doch schon mal gut!«

»Martin Groba?«

»Nee, das, was der erzählt.«

»Der hat vorhin schon angerufen.«

»Weiß ich doch, hab ihm doch deine Nummer gegeben.«

»Wieso das denn?«

»Der hat was mit dir vor.«

»Was denn?«

»Hat er doch schon gesagt.«

»Mir noch nicht.«

»Der bringt dich groß raus! Der hat voll den Plan. Und hier hat alles angefangen: im *Flamingo*.«

»Locker bleiben, David.«

»Du gehst da jetzt rüber, und dann machst du das klar.«

Ich sehe zu Martin Groba, der mir zuprostet und grinst. Dann wieder zu David.

»Hab ich doch gesagt«, sagt David, »und jetzt geh da hin und mach das klar.«

»Lass mich mal machen, David, ich sprech mal mit dem, aber du hältst dich da raus, du bleibst schön ruhig, alles klar?«

»Alles klar. Und nun hin da!«

Als ich einen Schritt Richtung Bar mache, kommt Martin Groba schon auf mich zu, das Bier in der linken und die rechte Hand nach mir ausgestreckt. Ein fester Händedruck, fast zu fest für meinen Geschmack.

»Da ist er ja, mein neuer Star, endlich.«

»Hallo.«

»Martin Groba.«

»Jussi von Schweben.«

»Im Ernst?«

»Was jetzt?«

»Von Schweben? Du heißt Jussi von Schweben?«

»Eigentlich Justus. Aber Jussi ist okay.«

»Das wird ganz groß.«

»Was?«

Verwundert sieht Martin Groba mich an. »Du weißt wirklich nicht, wer ich bin, oder?«

»Nein.«

»Martin Groba! Von Grob Agents. Dein neuer Manager.«

Ich muss lachen. »Der war gut«, sage ich.

Aber Martin Groba bleibt ernst. »Wir machen das so biebermäßig, YouTube und so, und dann gehst du erstmal auf Tour, hab da schon so ein Support-Ding an er Angel.«

»Biebermäßig?«

»Justin Bieber.«

»Verstehe ich nicht.«

»Ist auch erstmal nicht so wichtig. Jedenfalls: YouTube. Da müssen wir ran. Schon mal ein Video gedreht?«

»Nein.«

»Umso besser. Das muss sowieso aussehen, als hättest du keine Ahnung davon, so amateurvideomäßig muss das werden, biebermäßig eben, die Mädels sollen denken, die sitzen bei dir im Wohnzimmer, so muss das aussehen, so in die Richtung ...«

»Stopp! Stopp mal kurz. Du kommst hierher, fragst David nach meiner Nummer ...«

»... netter Typ!« Martin Groba nickt Richtung David, und der nickt freundlich zurück.

»... rufst mich an und bestellst mich her, und dann kommst du und meinst, du bist mein Manager.«

»Richtig.«

»Nicht schlecht.«

»Sag ich ja.«

»War ein Scherz.«

»Bei mir nicht. Ach ja, eine Sache noch. Dreitausend.«

»Dreitausend was?«

»Euro. Dein Vorschuss beim Label. Hab ich schon so gut wie fix. Erstes Album gleich dreitausend Euro, top! Aber du musst auf Tour, Support-Shows und so. Kriegst auch den Kombi.«

»Kombi?«

»Ist meiner. Ich komm aber nicht mit. Du hast ja schon 'ne Begleitung. Und die ist mal 'ne Bombe, meine Herren.«

In diesem Moment knarrt hinter der Bar die Luke vom Getränkekeller, und ein Meer schwarzer Locken schwappt heraus. Hella guckt aus dem Loch und grinst.

»Wir haben schon alles geklärt«, sagt Martin Groba, »Hella und du, ihr macht das zusammen, sie meint, sie passt auf dich auf.«

Ich blicke Hella überrascht an, und sie grinst nur weiter und zuckt mit den Schultern.

»Also«, sagt Martin Groba, bevor ich etwas dazu sagen kann, »Support-Zeug, Album, dreitausend, YouTube. YouTube natürlich zuerst. Könnt ihr eigentlich gleich mal mit anfangen, gleich mal ran. Ich hau erstmal ab, muss da noch was checken wegen dem Kombi, ist nicht mehr der jüngste. Ich meld mich wegen der Details, Video, Vertrag und so. Bis dahin schon mal viel Erfolg.«

Martin Groba gibt mir die Hand, drückt noch mal fest zu, winkt Hella über den Tresen, und weg ist er.

»Kann ich mal ein Bier?«, frage ich Hella.

»Lage!«, ruft David von hinten, und Hella sagt: »Mach ich sofort.«

10

Halt das mal«, sagt Hella und drückt mir eine Stehlampe in die Hand. Das dunkel glänzende Holz und der geschwungene Lampenschirm mit den feinen, goldfarbenen Fransen passen so gar nicht zum Rest von Hellas Wohnzimmer, einem großen, quadratischen Raum mit hohen Decken, der mich an mein Jugendzimmer erinnert: Die Wände sind voll mit bunten Postern von Musikern, legendären Musikern, gleich mehrmals kleben da Bob Dylan, John Lennon, Johnny Cash. Dazwischen, eingerahmt von allerhand Sonnenuntergängen und Wasserfällen in Neonfarben, hängen Comicstars: Spiderman, Batman, Superman, Bart Simpson. Überall Helden, die vom Boden aus ehrfürchtig angestrahlt werden, Kristallsteinlampen und gemütlich vor sich hin sprudelnde Lavalampen in Lila, Pink und Orange versorgen die Wände mit Licht. Ganz schön jung, denke ich, fast kindlich. Hellas Zuhause ist alles, aber nicht typisch Hella. Die knallharte Tresenfrau passt nicht in das Teenieparadies, das hier geschaffen wurde, so viel steht fest, und ich nehme mir vor, in einem passenden Moment mal zu fragen, was dahintersteckt. Bis dahin aber behalte ich meine Verwunderung für mich.

Hella geht zwei Schritte zurück, blickt durch den Sucher, fährt das Objektiv ein und aus, zieht das Stativ zurück. Sie scheint zufrieden, »so könnte es passen«, sagt sie, »so musst du bleiben«.

»So soll ich spielen?«

»Die Lampe kommt daneben, direkt neben das Rhodes. Ansonsten Licht aus. Trauerbeleuchtung. Wolltest du doch.«

Wollte ich wirklich. Wenn schon dieses Lied spielen, dann mit passender Beleuchtung, hatte ich zu Hella gesagt. Das machte die Sache nicht besser, nur einigermaßen erträglich und besser erträglich beleuchtet, dachte ich, als den Quatsch machen, den Martin vorgeschlagen hatte. »Wir brauchen Kreuze und Kerzen«, hatte er gesagt, »überall Kreuze und Kerzen, und vergiss mal das Rhodes, denk mal größer, denk mal Flügel!«

Die YouTube-Sache war wichtig, das fand ich bald auch, da waren Martin und ich letztlich einer Meinung. Aber das, was Martin YouTube-mäßig mit mir vorhatte, wollte ich nicht. Das konnte ich nicht. Keine Chance. Schlimm genug, hatte ich zu Martin gesagt, dass es dieser Song sein musste, gerade dieser, warum nicht »Mitte-Liebe« oder »Anleger«, damit könnte man so viel machen, hatte ich gemeint, warum also dieser Song, und wenn es unbedingt dieser sein musste, dann wenigstens ohne den Kerzen-und-Kreuze-Quatsch, den würde ich wirklich nicht mitmachen. Song-Kompromisse ja, Kerzen-und-Kreuze-Quatsch nein, hatte ich gesagt, irgendwann wäre es auch mal gut, und überhaupt: Was hätte das noch mit »Amateurvideo« und »biebermäßig« und so zu tun, hatte ich Martin gefragt. Das war nicht mehr Justin Bieber, das wäre Guns N' Roses, und damit wollte ich nichts zu tun haben. Irgendwann hatte Martin kapiert, dass seine Idee Mist war, wenn er es auch nicht hatte zugeben wollen, »mach doch, was du willst«, hatte er nur gesagt, »aber mach diesen Song, das wird super, mit Mama und Trauer und Tränen und das ganze Trara, das musst du machen, und das machst du auch, fertig aus«.

»Guck mal in die Kamera«, befiehlt Hella, »Testaufnahme.«

»Ich gucke aber nicht in die Kamera, wenn ich singe.«

»Wer singt, guckt in die Kamera, das ist nun mal so.«

»Bullshit.«

»Nenn mir mal ein Video, in dem der, der singt, nicht in die Kamera guckt.«

Ich überlege, und ich weiß ganz genau, dass es zig Videos gibt, in denen der Sänger nicht in die Kamera sieht, aber mir fällt spontan keins ein, also sage ich bloß: »Gibt tausend Stück.«

»Aber du kennst keins«, grinst Hella, »und ich auch nicht, weil's nämlich keins gibt, und deshalb guckst du jetzt schön in die Kamera.«

»Nein.«

»Das muss so, glaub mir.«

»Das ist doch scheiße.«

»Das ist total normal.«

»Ich mach's nicht.«

»Gut, dann mach ich auch nichts mehr.«

»Wie jetzt?«

»Ja! Dann pack ich die Kamera ein, und dann ist hier Schluss.«

»Mach doch.«

»Mach ich auch.«

Hella schüttelt verständnislos mit dem Kopf, als sie sich tatsächlich daranmacht, die Kamera vom Stativ zu drehen. Sie wirbelt den kleinen Apparat um die eigene Achse, bis er sich vom Metallständer löst, wirft ihn auf die Couch, ein kurzes, knallgrünes Möbel mit steinhartem Polster, von dem aus die Kamera einen Satz macht, gegen die Lehne springt und fast auf den Boden fliegt.

»Spinnst du?«, fahre ich Hella an. »Die ist schweineteuer.«

»Die ist schweineteuer«, äfft Hella mich nach, »die Scheißkamera, die ist dir wichtig, Scheißkamera von Scheißmartin.«

Es ploppt laut im Zimmer.

»Was hast du denn jetzt mit Martin?«

»Ach!«

»Wie, ach? *Du* fandst den doch immer so toll. *Du* hast doch mit dem alles abgemacht. *Du* warst die Erste, die zu Martin ja und amen gesagt hat, nicht ich, und ich mach das immer noch nicht, also komm hier jetzt nicht mit Scheißmartin und so.«

Hella hört auf einzupacken und setzt sich aufs Sofa. Mit hängendem Kopf sitzt sie da, fährt sich mit einer Hand durch die Locken, schnauft vor sich hin. Hella wirkt erschöpft, irgendwie platt. War ich zu hart zu ihr? War das gerade zu viel?

Bevor ich weiter darüber nachdenken und fragen kann, ob Hella in Ordnung ist, sieht sie hoch und mich an und sagt: »Dann eben nur beim Refrain.«

»Was meinst du?«

»Nur beim Refrain guckst du in die Kamera. Könnte ich mich drauf einlassen. Ist ein Kompromiss.«

»Aber kein guter.«

»Dann eben nicht, Mann, was mach ich hier eigentlich? Scheiß doch auf das Video.«

»Alles klar, alles klar«, sage ich schnell, ohne nachzudenken, »alles klar, machen wir, Kamerablick im Refrain, ich bin dabei.«

Hella hat nachgegeben, also sollte ich das auch tun, denke ich, ein bisschen entgegenkommen ist jetzt sicher nicht schlecht, wahrscheinlich sogar dringend notwendig, denn Hella schien eben noch ernsthaft aufhören zu wollen, und das wär's dann gewesen, das wäre das Ende des Videodrehs gewesen, bevor der überhaupt angefangen hat.

»Machst du wirklich?«, fragt Hella.

»Mach ich.«

Sie kneift die Augen zusammen, sieht mich streng an und nickt.

»Gut«, sagt sie, »dann setz dich hin und sing.«

Als ich auf der hochkant gekippten Bierkiste sitze, die man im Video natürlich nicht sehe, das hat Hella mir mehrfach versichert, nur ich und das Rhodes wären später im Bild, überlege ich, wie die Poster hinter mir wirken, die vielen Farben und schillernden, stolzen Figuren, wenn ich gleich mein traurigstes Lied singe, und ich will Hella fragen, wie sie das denn findet, die Szenerie zur Musik, aber ich komme nicht mehr dazu, weil Hella schon einen Arm hebt, die Hand zur Waffe geformt, »drei, zwei, eins …«, zählt sie, schießt mit Daumen und

Zeigefinger in die Luft und lässt dazu eine große, rosarote Blase zerknallen: plopp! »Nimmt auf.«

Wo bist du jetzt

Strophe 1:
Du hast uns eingeschworn
Hast uns viel erzählt
Hast gesagt, dass Liebe ist
Was kommt und geht und man vermisst
Hast uns spüren lassen
Wenn wir uns an den Händen fassen
Und das Leben lieben, so wie du
Uns das Leben liebt, so wie du

Chorus:
Und wo bist du jetzt
Wenn wir dich brauchen
Deine Stimme, deine Geschichten
Deine lieben Augen
Wo bist du jetzt
Wenn wir einsam sind
Kannst du sehen
Wenn da Tränen sind
Wir haben dich verlorn
Du fehlst uns so

Strophe 2:
Du hast uns lachen lassen
Hast gesagt, es muss krachen
Hast uns Spaß gemacht

Einfach jeden Tag
Hast uns leiden sehen
Hörtest unser Flehen
Machtest uns verstehen
Jeder Schmerz wird vergehen

Chorus:
Und wo bist du jetzt
Wenn wir dich brauchen
Deine Stimme, deine Geschichten
Deine lieben Augen
Wo bist du jetzt
Wenn wir einsam sind
Kannst du sehen
Wenn da Tränen sind
Wir haben dich verlorn
Du fehlst uns so

Bridge:
Du warst unser Glück
Unser Herzstück
Unser Mittelpunkt
Unsere Liebe, und
Wenn wir zusammen waren
Warn wir unzertrennlich
Warum ist das alles
Nun doch endlich

Chorus 2x:
Und wo bist du jetzt
Wenn wir dich brauchen

Deine Stimme, deine Geschichten
Deine lieben Augen
Wo bist du jetzt
Wenn wir einsam sind
Kannst du sehen
Wenn da Tränen sind
Wir haben dich verlorn
Du fehlst uns so

Das letzte Wort ist gesungen, und ich schließe die Augen. Nicht wegen des Videos. Es kommt einfach so. Schon nach der ersten Strophe war ich voll drin. Ich habe das alles gefühlt, irgendwie einfach gefühlt, fast so sehr wie am Tag, als ich das Lied geschrieben habe. Es ist still im Zimmer, auch Hella, vermute ich, habe ich mit der Geschichte berührt. Langsam fange ich an, mich zu bewegen, sehe hoch zu Hella, und was ich da sehe, kann ich kaum glauben. Hella ist offensichtlich nicht traurig, nicht mal ein bisschen. Sie hat die Kamera aus den Händen gelegt, weil sie beide Hände braucht. Hella presst sie fest vor den Mund.

»Was ist denn?«, frage ich irritiert.

»Nichts«, hält Hella ein Lachen zurück, »'tschuldigung.«

»Was ist denn so lustig?«

»Nichts, wirklich, ist wirklich nichts«, sagt sie, bevor es aus ihr herausprustet wie nach dem weltbesten Witz.

»Du lachst jetzt nicht über das Lied, oder?«

»Nee, würde ich nie machen«, sagt Hella und lacht immer lauter.

»Nicht dein Ernst, oder?«

»Könnte ich dich auch fragen.«

»Was?«

»Ach komm, Jussi, ich meine: Du warst unser Glück, unser Herzstück, das kannst du doch nicht ernst meinen.«

»Doch.«

»Ach, komm.«

»Das habe ich für Mama geschrieben.«

»Für Mama! Das wird ja immer besser.« Hella nimmt lachtechnisch erneut Fahrt auf.

»Nachdem sie gestorben ist«, sage ich.

»Wer?«

»Meine Mama.«

»Gestorben?«

»Ja. Ein Autounfall.«

»Kein Scheiß?«

»Nein.«

»Du verarschst mich hier nicht?«

»Es war vor einem Jahr.«

Hella richtet sich auf, vergräbt ihre Hände unter den Oberschenkeln. Langsam wird sie und irgendwie alles sehr still. Sie scheint ernsthaft betroffen. Und dann doch nicht. Dann dreht sie den Kopf zur Seite. Und lässt es ploppen.

11

Vier Wochen später

Montagmorgen, Majorlabel. Hella, Martin und ich sitzen im siebten Stock des Berlin-Quartiers von *World Records* auf einem langen, mattweißen Designersofa. Wir warten. Schon seit einer halben Stunde. Wir hocken auf dem sicher sündhaftteuren Möbel und starren durch die Glaswände und Fenster der kleinen Büros auf die Dächer der Stadt. Die steigende Sommersonne macht, dass die Fassaden der Hochhäuser am Potsdamer Platz zu funkeln beginnen. Außen funkeln, innen protzen, denke ich, denn ich kann mir gut vorstellen, dass es in den anderen Häusern, den Sitzen weiterer großer Firmen, ganz ähnlich aussieht wie bei *World Records*, wo teuer anscheinend gleich schick heißt, wo dick aufgetragen wird, wo eben geprotzt wird, damit man sich wohl fühlt. Als wir mit dem Fahrstuhl hochfuhren und auf den einzelnen Etagen haltmachten, bekamen wir einen Eindruck von *World Records'* Gesicht. Designermöbel gibt es hier überall, Sofas, Sitzbänke und Sessel in ungewohnten Größen und Formen und wenn nicht mit Leder, dann oft mit silber- oder kupferfarbenen, künstlich glänzenden Stoffen bezogen. Die Wände sind mit gerahmten Gold- und Platinschallplatten von bekannten Künstlern und mit überlebensgroßen Plakaten von Pop- und Schlagersängern tapeziert. In allen Räumen gibt es Wartebereiche und kleine, steril wirkende Küchennischen mit Kühlschränken, Kaffeeautomaten, Cola-Kisten, einem kurzen Tresen und Barhockern, auf denen hübsche junge Menschen saßen und aßen und tranken. Überhaupt: hübsch und jung, so müssen sie wohl sein, die *World Records*-Mitarbeiter, hübsch und jung und kühl im Auftreten. Die meisten, denen wir begegnet sind, erschienen unfreundlich bis arrogant.

Martin geht auf dem Flur auf und ab, »ruhig bleiben, locker bleiben, alles easy, alles gut«, sagt er in unsere Richtung, wohl aber weniger zu uns als zu sich selbst. Schon seit Stunden ist er extrem nervös. Um sieben rief er mich zum ersten Mal an, riss mich aus dem Schlaf und schrie fast ins Telefon: »Das wird groß heute, Jussi, ein ganz großer Tag, hab ich im Gespür, ganz groß wird das heute.«

Alle Versuche, ihm zu erklären, dass sein Anruf unnötig und vor allem viel zu früh war, waren zwecklos. Martin war voll drauf. Er wollte den Deal unbedingt.

»Mann, Mann, Mann, die lassen sich aber auch Zeit«, sagt er und kratzt sich am Kopf.

»Kommt schon gleich einer«, sagt Hella und schmatzkaut ihr Kaugummi.

»Wir kriegen das hin«, sage ich.

Hilft aber nichts. Hilft alles nichts. Minütlich wird Martin aufgeregter. Er kramt in seinen Parkataschen herum, nimmt eine Zigarettenschachtel heraus, macht sie auf und zu und auf und zu, steckt sie wieder ein und spielt stattdessen mit seinem Feuerzeug, immer wieder lässt er es klicken, klickklickklick!, hallt es über den Flur, und es klickt immer lauter, wenn Martin auf seinem endlosen Gang auf unserer Höhe erscheint. Und Martin schwitzt. Ständig wischt er sich mit der Hand den Schweiß von der Stirn und meckert, wie heiß es hier drin ist. Er ist fix und fertig, als endlich ein Kopf aus einem der Büros guckt. Ein Typ Mitte dreißig, Dreitagebart, Glatze, Hornbrille, weißes Hemd in Jeans, lächelt zu uns rüber.

»Justus von Schweben, wie schön, dann kommen Sie mal rein.«

»Wir kommen«, ruft Martin, und der Bürotyp sieht ihn etwas verwundert an.

Der Bürotyp sitzt an einem Schreibtisch aus rotbraunem massivem Holz. Vor dem Tisch stehen zwei schwarze, lehnenlose Drehstühle, und weil Martin und Hella zuerst sitzen, bleibe ich erstmal stehen.

Als der Bürotyp das sieht, lacht er und schüttelt den Kopf, sagt nur: »Mein Gott!« Dann ruft er durch die halboffen stehende Tür ins Nachbarzimmer: »Frau Immhoff, helfen Sie doch mal unserem Youngstar hier.«

Ohne zu fragen, worum es denn geht, oder zumindest kurz ins Zimmer zu sehen, kommt Frau Immhoff herein und schiebt einen weiteren Stuhl vor sich her. Sehr jung sieht sie aus, Frau Immhoff, finde ich, viel jünger als der Bürotyp, noch keine zwanzig. Dafür kleidet sie sich sehr erwachsen, trägt eine bis zum Hals zugeknöpfte weiße Bluse, die sie in einem engen, knielangen schwarzen Rock untergebracht hat. Am Ende ihrer langen, schlanken Beine schließt Frau Immhoff ihr Outfit mit knallroten High Heels ab. Schlicht und schick, denke ich, genau wie Frau Immhoffs Frisur, ihre langen blonden Haare hält sie in einem einfachen Pferdeschwanz zurück. Finde ich irgendwie gut, Frau Immhoff, sie macht Eindruck auf mich.

»Bitte schön«, sagt sie, als sie den Stuhl neben Martins plaziert, »kann ich sonst noch was tun? Kaffee? Wasser? Tee?«

»Kaffee wär super«, sagt Martin, »schön schwarz.«

»Für mich nichts«, sagt Hella.

»Vielen Dank«, sage ich, »für mich auch erstmal nichts.«

Frau Immhoff lächelt, als ihr Blick meinen trifft, und ich lächele zurück. Als sie den Raum verlässt, gebe ich mir Mühe, ihr nicht zu auffällig hinterherzusehen, denn der Bürotyp beobachtet mich, das sehe ich aus den Augenwinkeln.

»Ein Engel, oder?«, fragt der Bürotyp.

»Kann ich mir vorstellen«, höre ich Hella zwei Plätze weiter, und es klingt wie eine Anspielung auf das Arbeitsverhältnis von Frau Immhoff und dem Bürotypen, das Hellas Ansicht nach vielleicht nicht immer ganz sauber ist. Ihre Vermutung beendet sie typisch: plopp!

»Na dann«, sagt der Bürotyp, als hätte Hella gar nichts gesagt, »fangen wir mal an.«

Hella, Martin und ich nicken synchron.

»Ich bin Lasse Rönck, Junior A&R bei *World Records*. Und ich bin, das sage ich gleich mal vorweg, ein ziemlicher Fan.«

Lasse Rönck sieht mich anerkennend an. Anerkennend, aber nicht bewundernd. Lasse Rönck wahrt Distanz, denke ich, ganz Geschäftsmann, der weiß genau, was er will, bei dem muss man aufpassen, bloß keinen Fehler machen, bei Typen wie Lasse Rönck tappt man schneller in eine Falle, als man denkt.

»Das freut mich«, sage ich und versuche, genauso souverän zu wirken wie er.

»Ehrlich gesagt«, sagt Lasse Rönck, »das ist das Beste, was ich seit langem aus dem Genre gehört habe.«

»Oh, danke«, sage ich, nun doch etwas verlegen.

»Kann mich an nichts Vergleichbares erinnern. Ist wirklich gut, was Sie da machen. Das klingt echt. Das berührt. Das hat Herz. Und genau das suchen wir hier: was mit Herz.«

Aus den Augenwinkeln sehe ich eine rosa Blase, die immer größer wird.

Plopp!

»Welchen Song finden Sie am besten?«, frage ich, nicht um Lasse Röncks Songwissen zu testen, vielmehr, um Hellas Verhalten zu überspielen, den Fokus auf mich zu lenken, und sosehr ich mir Mühe gebe, Lasse Röncks volle Aufmerksamkeit zu bekommen, so sehr hoffe ich auch, dass Hella ab jetzt an sich hält.

»›Wo bist du jetzt‹ ist mein Favorit«, sagt Lasse Rönck, »auch für die erste Single. Ich meine, eine Million Klicks …«

»Eins Komma fünf«, sagt Martin mit erhobenem Zeigefinger.

»Natürlich«, sagt Lasse Rönck, ohne Martin anzusehen, »und all diese Klicks lügen nicht. Die Leute kennen die Nummer, und sie mögen sie. Sie mögen sie sogar so sehr, dass sie sie gleich mal verschicken, posten, twittern und so weiter. Das geht wahnsinnig schnell momentan, das müssen wir nutzen.«

»Und die anderen Songs?«, frage ich.

»Die sind toll!«, sagt Lasse Rönck. »›Mitte-Liebe‹ und

›Anleger‹ mag ich zum Beispiel sehr, wirklich, sehr gute Nummern. Wir müssen nur sehen, dass wir am Anfang alles richtig machen. Die erste Veröffentlichung ist immer die wichtigste und bestenfalls etwas, das die Leute schon kennen. Denn was die Leute kennen …«

»… das kaufen sie auch«, unterbricht Martin erneut.

»Sie haben vollkommen recht«, bleibt Lasse Rönck zumindest augenscheinlich entspannt, »warten Sie, ich zeige Ihnen mal was.«

Er steht auf und geht zu einem von zwei deckenhohen Regalen an der Wand, zwischen denen eingerahmte Fotos von ihm und *World Records*-Künstlern hängen, die wohl gerade ihre Auszeichnungen bekommen. Strahlende Menschen mit Gold- und Platinschallplatten. So sieht Erfolg aus, denke ich, so sehen Sieger aus. Beeindruckt, aber auch etwas ängstlich, denn die glitzernden Platten an der Wand sind auch Zeichen, dass hier nur Erfolg zählt. Hier ist Erfolg Pflicht, und damit auch für mich, wenn Lasse Rönck denn überhaupt glaubt, dass mit mir so was wie Erfolg möglich ist, denke ich, vielleicht bin ich auch nur ein Experiment, das er sich zwischendurch erlaubt, weil er es sich eben erlauben kann. Wie es auch sein mag, ich spüre Druck, unangenehmen Druck, schon jetzt, noch bevor ich irgendwas unterschrieben habe.

»Wir haben hier mal was für Sie vorbereitet«, sagt Lasse Rönck und zieht eine Klarsichthülle aus einem der vielen grauen Aktenordner, die alle gleich groß sind und zusammen wie eine Wand vor der Wand aussehen.

»Sie sollen einen Eindruck davon bekommen, wie sehr wir an Sie glauben. An Sie und Ihren Erfolg.«

»Wer glaubt daran nicht?«, fragt Martin und grinst, aber keiner grinst mit.

Lasse Rönck legt die Klarsichthülle vor uns auf den Tisch. Darin sind mehrere DIN-A4-Blätter, zusammengehalten von einer roten Büroklammer, *World Records*-Rot, denke ich, das Logo des Labels ist eine rote Kugel, in deren Mitte in geschwungenen, weißen Buchstaben der Firmenname plaziert ist.

Ich betrachte die erste Seite. Was im unteren, kleingedruckten Teil steht, kann ich so schnell nicht überblicken, aber der obere Teil, der unter dem Labellogo, ist mehr als deutlich. Er besteht nur aus einem Wort: PLATTENVERTRAG.

Das steht da wirklich. In Großbuchstaben. Das haut mich um. Das durchfährt meinen Körper wie ein eiskalter Schock. Plattenvertrag, denke ich, Plattenvertrag bei *World Records,* unglaublich, purer Wahnsinn, und alle Gedanken an Erfolgspflicht und Druck und was mir sonst gerade noch durch den Kopf gegangen ist, verfliegen. Sind längst verflogen. Gelöscht. Weil: Plattenvertrag. Plattenvertrag!

»Das ist ein Plattenvertrag«, sagt Lasse Rönck, »den würden wir Ihnen sehr gerne anbieten.« Er schiebt die Hülle ein Stück in meine Richtung. »Schauen Sie doch mal rein.«

Neben mir kaut Hella laut und scheinbar unbeeindruckt ihr Kaugummi. Immerhin verzichtet sie auf ein Blasenknallen, wenn auch nicht sicher ist, ob bewusst oder nicht, denke ich.

»Wie sind denn die Zahlen?«, fragt Martin, noch bevor ich die Blätter herausnehmen kann. Er verschränkt die Arme vor der Brust und sieht Lasse Rönck skeptisch an.

Lasse Rönck nickt und sieht nicht Martin, sondern mich an.

»Natürlich«, sagt er, »das ist ja auch das Wichtigste. Wir würden Ihnen für das erste Album gerne einen Vorschuss zahlen. Dreitausend Euro.«

»Joah«, sagt Martin, obwohl er zuvor noch mit dreitausend sehr einverstanden war, »da ist aber schon noch Luft nach oben, da geht doch noch was.«

»Das ist leider unser Maximum«, sagt Lasse Rönck, »das bekommen in der Regel ausschließlich etablierte Acts, also Künstler mit schon ein, zwei gut plazierten Alben. In diesem Fall ist unser Vertrauen aber so groß, dass wir es gerne anbieten möchten.«

»Ist ja auch ein gutes Angebot«, versuche ich die in meinen Augen tatsächlich mehr als ausreichende Summe vor Lasse Rönck wertzuschätzen, wenn Martin es schon nicht tut.

»Zudem haben Sie den Vorteil unserer weitreichenden Promotion.«

»Promo machen andere auch«, sagt Martin.

»Das stimmt«, sagt Lasse Rönck zu meinem Erstaunen immer noch sehr gelassen und ruhig, »nur haben wir in einem so großen Haus natürlich mehr Möglichkeiten als, sagen wir, ein mittelgroßes bis großes Independent-Label. Wir können sehr viel erreichen. Aber ich möchte Sie auch zu nichts zwingen.«

»Machen Sie nicht, überhaupt nicht«, sage ich, bevor es sich Lasse Rönck womöglich anders überlegt, »klingt doch alles gut, ich würde sagen …«

»… dass wir uns das mal ganz in Ruhe ansehen«, sagt Martin, und ich räuspere mich kurz, um Martin anzuzeigen, dass das eigentlich nicht nötig ist.

»Ihr gutes Recht«, sagt Lasse Rönck, und obwohl ich kurzzeitig Sorge hatte, dass er das Interesse verliert, habe ich doch keine andere Reaktion von ihm erwartet, er ist und bleibt cool, während Martin immer uncooler wird. Was soll das bloß, denke ich und ärgere mich, dass ich hier mit Martin als meinem Manager sitze, wenn ich auch weiß, dass ich ohne ihn wahrscheinlich gar nicht hier säße. Seine Kontakte von früher haben das erst möglich gemacht. Ein alter Kumpel aus der Industrie sei ihm noch einen Gefallen schuldig gewesen, hat er nur gesagt, als ich nachgefragt habe, wie er an das Gespräch mit einem *World Records*-A&R gekommen sei.

»Wissen Sie was? Ich habe eine Idee«, sagt Lasse Rönck jetzt. »Es ist ja bald Mittag, warum bleiben Sie nicht zum Essen? Ich zeige Ihnen einen unserer Konferenzräume, und Sie bestellen sich einfach was von unserer Karte. Dann können Sie alles noch mal durchgehen und besprechen. Die haben tolles Essen in der Kantine, heute gibt's Lachs.«

»Lecker«, sage ich.

Und Martin nickt zustimmend: »Na gut.«

»Schön«, sagt Lasse Rönck, »dann kommen Sie mal mit.«

12

Zwei Wochen später

Noch früh am Morgen. Meter für Meter erhellt die Sonne den Garten, Vögel nehmen laut singend den Springbrunnen ein. Während ich oben in der Villa Hemden und Hosen aus den Schränken ziehe, höre ich unten Frau Wehmann den Eingangsbereich saugen, wie immer um diese Zeit. Wenn der Tag beginnt, macht sie im Haus alles sauber und schön. Irgendwie gut zu wissen, dass es sie gibt und dass sie noch da sein wird, wenn ich zurückkomme.

Ich nehme meine dampfende Kaffeetasse vom Fensterbrett, sehe nach draußen. Keine Wolke am Himmel. Bestes Autofahrtwetter für Hella und mich in Martins Kombi. Zusammen reisen wir schon bald durchs Land. Ich muss nur noch packen und die nächsten Unterrichtsstunden bei Herrn Sommer absagen, dann geht es los. Ich nippe am Kaffee, setze mich mit dem Laptop aufs Bett und schreibe eine Mail.

Betreff: Es läuft!

Lieber Herr Sommer,

erinnern Sie sich? Gar nicht lange her, da haben Sie mir ihre »Emil«-Adresse gegeben. Ganz stolz waren

Sie, und ich hab nur gelacht. Sorry dafür, war nicht böse gemeint.
Jetzt freu ich mich umso mehr, dass ich den kleinen Zettel in meinem Rucksack wiedergefunden habe: »Emil von Herrn Sommer: ...«. Ach, geben Sie zu, schon irgendwie lustig. Egal.
Eigentlich wollte ich Ihnen nur erzählen, wie alles gerade so läuft, nämlich ganz schön gut. Ich hab jetzt einen Plattenvertrag. Supercool, oder? Einen echten Plattenvertrag! Mit allem Drum und Dran, bei World Records, *kennen Sie ja. Ich hab sogar schon Interviews gegeben und so, war in einigen Städten für Promo, ganz schön krass alles. Und: Ich hab ein Video aufgenommen. Haha! Mit Hella, der Barfrau aus dem* Flamingo, *die macht extrem viel für mich, die fährt auch überall mit mir hin. Das Video ist auch gut geworden, ist zu »Wo bist du jetzt«.*
An sich wollte ich den Song gar nicht dafür nehmen. Ist schließlich Mamas Song, und irgendwie fühlt sich das nicht gut an, ihn zu benutzen. Eigentlich ziemlich übel von mir, wenn ich jetzt noch mal so darüber nachdenke.
Andererseits: Ich hab den Song geschrieben, und ich will ihn auch singen, und wenn das vor Publikum ist, also live oder im Internet, dann ist das doch eigentlich voll okay. Oder? Ist es doch!?
Ich muss morgen nach Hannover. Mein erstes richtiges Konzert. Und dann geht es auch bald auf Tour. Sind nur ein paar Auftritte und auch nur als Support für die Boomerangs, aber trotzdem ganz cool. Sind ziemlich viele Leute, die mich dann schon kennen

werden, wenn mein Album rauskommt. Hab ich davon erzählt? Ein Album!
Zum Unterricht kann ich erstmal nicht kommen. Aber wir können ja »emilen«. Sorry, der musste sein.

Bis bald, freue mich, von Ihnen zu hören!

Ihr Jussi

Ich bin zufrieden, muss lächeln. Trinke den Rest Kaffee in der Wärme der Sonne, die schon durchs Fenster kommt. Und nun: Tasche auf, Klamotten rein und auf nach Hannover, zu einem Club namens *Domino,* in dem ich am Abend auftreten werde.

13

Das *Domino* liegt versteckt in einer Seitenstraße und dort in einem Hinterhof, zu dem eine so schmale Auffahrt führt, dass Hella und ich die vorderen Fenster herunterkurbeln und die Seitenspiegel zurückklappen müssen.

»Ohren anlegen!«, ruft Hella in den riesigen Resonanzkasten zwischen gelben und roten Backsteinen und stark rissigen Betonplatten.

Wir ziehen das Rhodes vom Rücksitz und tragen es zum Eingang, einer breiten Tür mit so vielen Aufklebern von Demos und Partys und Bands darauf, dass man die dunkelblaue Grundfarbe kaum mehr erkennen kann. Wir wollen das riesige Stück Eisen gerade aufziehen, als wir hinter uns zwei Typen hören: »Der Künstler!«

»Hey«, sage ich.

»Plopp«, macht es aus Hellas Mund.

»Superpünktlich«, sagt einer der beiden Typen und lächelt freundlich, »perfekt.«

»Voll gut«, sagt der andere.

Der »Perfekt«-Typ hat lange, braune Haare, einen Fünftagebart und ein Piercing an der linken Augenbraue. Er ist groß und ziemlich muskulös. Seine dicken, runden Oberarme ragen aus einem hautengen T-Shirt heraus, seine breiten Waden erinnern an die von Vollzeitfußballern.

Der »Voll gut«-Typ ist das genaue Gegenteil: eher kurz geraten, extrem schlank, fast dürr. Sein knochiger Körper steckt in einer schwarzen Röhrenjeans und einem verwaschenen, einst wohl weißen Feinrippunterhemd.

»Aber gebt mal her hier«, sagt der Perfekte, »wir machen das schon, ruht euch mal aus, trinkt und esst, ist alles da.«

Zusammen mit dem Guten nimmt der Perfekte uns das Rhodes aus den Händen und sagt: »Ich bin Thomas, das ist André, fühlt euch wie zu Hause.«

Hinter der Eisentür führt eine steile Kellertreppe hinab in den Club. Die Treppenstufen werden von den Seiten aus angeleuchtet, Lichterketten blinken rhythmisch.

Unten stehen alte Schulmöbel, zwei kniehohe Holzstühle und ein Tisch, auf dem eine weiße Geldkassette liegt. Daneben steht ein DIN-A5-großes Schild: *Schnulzen, 10 Euro.*

Thomas scheint zu merken, dass mich das Schild irritiert.

Leicht verlegen fährt er sich mit der Hand durch die Haare: »Kleiner Scherz«, sagt er.

»Kein Problem«, sage ich.

»Wie geil!«, sagt Hella und lässt es einmal extralaut ploppen.

»Ja … äääh …«, weiß Thomas immer noch nicht so recht, wie er nach der Schnulzensache weitermachen soll, »also … wir gehen erstmal rein.«

Hinter einem dicken, roten Samtvorhang beginnt ein quadratischer Raum, in dem für vielleicht drei- oder vierhundert Leute Platz ist, ganz schön groß für mich, denke ich, und ich überlege, ob mich in Hannover überhaupt so viele kennen, und Hella, die nach mir den Vorhang zur Seite schiebt, findet das alles einfach nur »cool«.

Thomas und André legen das Rhodes auf der Bühne ab, einer hüfthohen Empore, auf der bereits Verstärker, Mikrofonständer und allerhand Kabel verteilt wurden, die bunten Strippen schlängeln sich kreuz und quer über den Bühnenboden wie Luftschlangen nach einer ausschweifenden Party. Hella und ich folgen den Jungs über den klebrigen PVC-Belag bis zu einer kleinen Tür neben der Bühne.

»Backstage!«, ruft Thomas euphorisch.

Wir gehen einen kurzen Gang entlang, bis der Boden unter uns plötzlich weicher wird. Hier wurde Teppich verlegt, Hochflorteppich, es ist, als gingen wir auf weichem, hochgewachsenem Gras.

Am Ende des Gangs bleiben Thomas und André stehen und präsentieren beinahe synchron: »Die Präsidentensuite.«

Um einen riesigen Glastisch herum stehen vier schwarze Ledersessel, Designerteile, denke ich, die sehen teuer aus. Neben zwei Sesseln stecken Eiskübel auf Eisenstangen, aus denen Sektflaschenköpfe schräg herausschauen. Sekt gibt es hier noch viel mehr, rechts vom Eingang an der Wand ist ein Getränketisch, auf dem auch reichlich Bier, Cola, Wasser, Apfel-, Birnen- und Traubensäfte stehen und die jeweils passenden Gläser. Gegenüber ist ein Tisch mit Essen. Drei beschriftete Wärmebehälter *(Rind, Kroketten, Gemüse)*, zwei Schüsseln mit Salat und Obst und geschnittenes Baguettebrot, neben dem kleine Töpfe mit Dips und Soßen stehen. Der Raum wird von mehreren großen Glühbirnen beleuchtet, die an unterschiedlich langen Stoffkabeln von der Decke hängen und angenehmes Licht verbreiten.

»Kann man so machen«, höre ich Hella jetzt neben mir, und es ist kein typischer, nüchterner, durch und durch abgeklärter Hella-Kommentar, nein, dieser Backstagebereich macht ordentlich Eindruck auf sie, selbst das Kauen und Ploppen scheint sie zu vergessen, von ihr kommt erstmal nichts.

»Alles für den Künstler«, sagt Thomas.

Und André: »Der Künstler ist der Star.«

»Danke«, sage ich, jetzt weniger verlegen als selbstbewusst, »und sagt mal, wenn wir uns hier noch irgendwas angucken wollen, wo müssen wir dann hin?«

»Angucken in Hannover?«, fragt Thomas.

»Keinen Sightseeing-Scheiß«, sage ich, »eher ein paar gute Cafés und Bars.«

»Linden«, sagt Thomas, »ist alles in Linden. Geht da mal hin, einfach die Straße hoch und links, die große Straße, das ist schon Linden, und dann müsst ihr nach dem Lindener Marktplatz fragen, da ist der *Bert.*«

»Der *Bert?*«, fragt Hella.

»Der *Bert*«, sagt Thomas.

»Der *Bert*«, sagt André.

Beide nicken fast andächtig, ihre Blicke führen ins Leere.

»Ja«, scherze ich, »kennt man ja, den *Bert.*«

Ich sehe Hella grinsen. Plopp!

»Kneipe«, sagt Thomas, wieder zurück aus seinen

Bert-Träumen, »der *Bert* ist eine Kneipe, die beste Kneipe der Welt.«

»Dann müssen wir da wohl hin«, sage ich.

»Müsst ihr auch«, sagt Thomas.

»Der *Bert*«, sagt André noch einmal leise vor sich hin und klopft sich dabei mit der flachen Hand auf die Brust, als würde gleich die *Bert*-Hymne ertönen, zu der man natürlich strammstehen, Respekt ausstrahlen, Demut zeigen müsste. Wer hier vom *Bert* spricht, spricht eigentlich von Gott, denke ich, zumindest klingt es so, und ich stelle mir den *Bert*-Gott vor, einen kleinen, dicken Mann mit Bart und Hannover-96-Schal, der am Tresen seiner eigenen Kneipe sitzt, quasi im Himmel, der eine Selbstgedrehte raucht und Herrenhäuser Pilsener trinkt, das scheint hier das lokale Bier zu sein, das Gott-Bier, die Biere hinten auf dem Tisch sind jedenfalls alle Herrenhäuser, Bert sitzt also auf seinem Hocker und raucht und trinkt und unterhält sich mit den Barfrauen, quasi den Engeln, sie reden über alles, was eben gerade so los ist in Linden und dem Rest der Welt.

»Dann müssen wir da wohl hin«, sage ich zu Hella und grinse, und Hella grinst auch und sagt: »Ja, dann müssen wir da hin.«

Vor dem *Bert,* den man an den vier schwarzen Steckbuchstaben in einem alten Kino-Anzeiger über dem Eingang erkennt, bleiben wir stehen. Wir sehen hoch. Denn dort, wo früher die Titel der Filme zusammengeschoben wurden, steht jetzt nicht nur *Bert,* sondern darunter noch mehr. Zwei Reihen füllen sich mit Folgendem: *Heute: Justus von Schweben Live – 21 Uhr,* Domino.

Hella und ich sehen uns an, sehen noch mal hoch zur Anzeige und wieder uns an. Ich zucke mit den Schultern, ziehe die Augenbrauen fragend nach oben. Noch einmal sieht Hella zur Tafel und wieder zu mir: plopp!

Hier scheinen sich die Leute zu unterstützen, Werbung füreinander zu machen, zusammenzuhalten, denke ich und finde das irgendwie gut.

Im *Bert* ist ordentlich was los. Hinter einem winzigen Pult steht ein Mann mit Schiebermütze und Kopfhörern, die er nicht trägt, sondern nur eine Muschel mit der Hand ans rechte Ohr drückt. Die Musik ist Soul, alter Soul, ganz gemütlich, denke ich, genau wie der Rest vom *Bert*, der fast durchgehend in dunklem Holz gehalten ist, selbst die Wände und Decken sind damit verkleidet. Im *Bert* wird getrunken und sogar noch geraucht. Hella zieht sofort den Tabakbeutel aus der Tasche und dreht sich eine Zigarette. Ich sehe mich um. Am Tresen stehen drei junge Frauen, Studentinnen, tippe ich, die immer wieder zu mir sehen und tuscheln und kichern. Ich gehe einen Schritt auf sie zu, stelle mich neben sie, bestelle zwei Bier.

»Geht aufs Haus«, sagt der Barmann nur und zwinkert mir zu, »ich komm heute Abend auch.«

Bevor ich etwas dazu sagen kann, höre ich eines der Mädchen neben mir: »Kannst du später auch ›Mitte-Liebe‹ spielen, bitte?«

Die anderen beiden gackern im Hintergrund einfach weiter, und während die jungen Dinger sich amüsieren, der Barmann die Gratis-Biere auf den Tisch stellt, die plüschigen Siebziger-Jahre-Beats aus den Boxen über dem Tresen kommen und sich Hella ein paar Meter weiter ihre Zigarette ansteckt, habe ich keine Zweifel mehr. Ich glaube es ganz fest. Ich glaube, in dem, was ich am liebsten mache, bin ich wirklich nicht schlecht.

14

Drei Wochen später

Als das Taxi hält, brennt noch Licht in der Villa. Das Esszimmer beleuchtet den nachtschwarzen Garten. Vater, denke ich, und automatisch ziehe ich das Handy aus der Hosentasche. Fünf Anrufe in Abwesenheit. Fünfmal »zu Hause«. Vielleicht war es nur Frau Wehmann, denke ich, die sich mal wieder um Vater sorgte, wie so oft in den letzten Wochen. Seit dem *World Records*-Deal hatte ich einen Termin nach dem anderen, fast jeden Tag war ich mit Hella und Martin unterwegs, und das nicht nur in Berlin und Hannover, auch in München und Hamburg war ich schon für Promotion-Termine, habe mit Journalisten, Bloggern, Radio-Moderatoren, Club-Betreibern gesprochen. Je länger ich weg war, umso freier fühlte ich mich. Ich fühlte mich entfesselt, endlich. Voller neuer, sich toll anfühlender Energie machte ich mich daran, eine echte Karriere zu starten, wild entschlossen und mittlerweile fast ohne Zweifel, dass der Erfolg kommen und ich Lasse Rönck und *World Records* zufrieden stimmen könnte. Mir ging es gut, richtig gut, zum ersten Mal seit Mamas Tod.

Zur gleichen Zeit ließ sich Vater zu Hause immer mehr gehen. Vor ein paar Tagen erzählte mir Frau Wehmann am Telefon, sie habe ihn morgens gefunden, im Garten direkt neben dem Springbrunnen. Vater habe auf dem Bauch gelegen, neben ihm das eigene Erbrochene,

Frau Wehmann habe Schlimmes geahnt. Als sie sich zu ihm runtergebeugt und ihn angesprochen habe, habe Vater gestöhnt und gemeckert, seltsames Zeug habe er geredet, Frau Wehmann habe kaum etwas verstanden, nur dass Vater immer wieder gegrummelt habe, alle ließen ihn alleine, alle wären weg, alles wäre schlecht. Nach einer Weile sei er runter vom Rasen und rein ins Haus gegangen, nach oben und ins Schlafzimmer, aus dem er erst zum Abendessen wieder herauskam. Noch bevor er zu essen begann, goss er sich Wein ein, trank eine Flasche in sehr kurzer Zeit. Der Wein, meinte Frau Wehmann, sei sein Ersatz. Er ersetze Mama. Und mich.

Ich konnte kaum glauben, dass Vater mich ernsthaft vermisste, zu sehr hatten wir uns zuletzt in den Haaren gelegen, zu oft gestritten über alles, vor allem aber über das eine, das große Thema zwischen uns, die Frage: Studium oder Musik. Einmal, als wir wieder aneinandergeraten waren, meinte Vater: »Am besten, du gehst. Geh einfach, Justus, geh und bleib von hier fern.«

Und trotzdem, war sich Frau Wehmann sicher, brauchte Vater mich zu Hause, gerade jetzt, und deshalb kam ich. Es war ein Mix aus Angst und Pflichtbewusstsein, der mich zurück zur Villa geführt hatte. Ein Gefühl, etwas tun zu müssen, obwohl ich niemandem etwas schuldig war, schon gar nicht Vater.

Als ich den schmalen Weg zum Hauseingang gehe, sehe ich Vater im Esszimmer sitzen. Wobei, sitzen: An der langen Tafel hängt er mehr auf seinem Platz, den Kopf auf dem Tisch, daneben eine Flasche Crémant, ein halbvolles Glas. Und mit jedem Schritt, den ich den Hausmauern näher komme, vergeht mir die Lust. Ich bin zu Hause, aber ich will nicht mehr, dass es mein Zuhause ist. Die Villa, der Garten, der knirschende Kies, das alles, so fühlt es sich jetzt an, ist Vergangenheit. Das bin ich nicht mehr. Ach, das war ich eigentlich nie. Auf halbem Weg bleibe ich stehen. Ich stehe einfach nur da.

Dann drehe ich mich um mich selbst, langsam, ganz langsam drehe ich mich wie einer, der das hier noch nicht kennt und sich zum ersten Mal auf einem fremden Grundstück umsieht. Ich gehe runter vom Kies und aufs Gras, setze mich neben den Springbrunnen, der nachts nicht plätschert, der einfach nur da ist, groß und weiß und aufwendig verziert, Rosenblüten und -blätter sind in den Stein geschlagen, ganze Sträuße zieren die vasenförmige Skulptur, die Vater von einem Künstler aus Mitte besorgt hat. Vater und Kunst, denke ich, und wenn mir auch so gar nicht danach ist, grinse ich hoch zum Himmel, und mein Blick verliert sich im Sternenmeer.

Ein letztes Mal sehe ich hinein ins Haus. Ich meine, dass Vater sich kurz bewegt und seinen Kopf vom Tisch in seine Hände gelegt hat. Zu gerne würde ich jetzt auch zur Flasche greifen, zum Crémant neben Vater, oder ist das Champagner? Nimmt Vater das Beste, um das Schlimmste wegzutrinken? So was von egal, denke ich, und ich weiß, ich muss hier weg, sofort, sonst endet das alles noch schlimm, und ich ziehe das Handy wieder heraus, ein neues Taxi muss her. Beim Wählen zittern mir die Finger.

15

Wir haben nicht darüber geredet. Wir haben gar nicht geredet. Als Hella mir die Tür aufmachte und mich mehr oder weniger erstaunt ansah, hat sie nichts gesagt. Sie ist vor mir her ins Schlafzimmer, und als sie schon drin und ich kurz davor war, meinte sie nur: »Couch.« Und die Tür ging vor meiner Nase zu. Hellas Art, mir zu helfen. Nicht die netteste, aber immerhin: eine Hilfe. Hella war da, wenn ich sie brauchte, das war wichtig zu wissen. Das hat sich gut angefühlt, und weil ich in meiner schlaflosen Nacht noch lange Licht durch ihren Türspalt kommen sah, war ich mir sicher, dass auch Hella nachdachte. Dass sie sich vielleicht fragte, wie es mir ging.

»War ja irgendwie auch gut«, sagt Hella jetzt, als wir den Kombi beladen, »so konntest du schon mal nicht zu spät kommen.«

Das ist die harte Hella, die ich kenne. Die an einem Morgen wie diesem kein Mitgefühl hat oder es zumindest nicht zeigt. Die jetzt nur eins im Kopf hat: Taschen, Essen und Trinken in den Kofferraum, Rhodes und Verstärker auf die Rückbank und los. Ab auf die Autobahn. Wir gehen auf Tour.

Wobei, denke ich, Tour ist übertrieben, eher: kleine Konzertreise. Wir reisen den Boomerangs hinterher, einer Berliner Indie-Pop-Gruppe, vier Jungs, und weil man die Boomerangs schon kennt, erhoffen wir uns durch die Supportshows ein klein wenig Rückenwind. Es fühlt sich wirklich so an: wir. Ohne Hella, denke ich immer wieder und auch jetzt, kurz bevor wir den Kofferraum zuklappen, einsteigen und losfahren, würde das alles nicht gehen, ich kann es mir jedenfalls nicht vorstellen.

Es wird gerade hell in Berlin, als wir den Kottbusser Damm runterfahren, vorbei an den Döner Imbissen, den kleinen Straßencafés und Bäckerläden, vor denen Arbeiter mit dampfenden Bechern stehen, trinken und rauchen und schweigen. Immer entlang an den U-Bahn-Schienen, die sich über uns wie ein Wegweiser durch die Stadt ziehen, fahren wir raus aus Kreuzberg und über die funkelnde Spree nach Friedrichshain. Das Wasser unter uns, die Straßen, die Menschen wirken friedlich, beruhigen irgendwie. Kriegt man so selten zu sehen, denke ich, vielleicht nur dann, wenn man weg will aus Berlin. Diese Stadt, diese Insel im Nichts, entspannt einen doch erst ganz, wenn man sie wieder verlässt. Ich greife nach vorne, direkt vor die Scheibe, wo Hellas Sonnenbrille liegt, die in jeder Kurve von einer zur anderen Seite rutscht.

»Darf ich?«, frage ich.

»Nimm doch einfach«, sagt Hella, und es ploppt neben mir.

Ich finde das Ploppen jetzt irgendwie gut, und als ich die Brille aufsetze, ist es ein bisschen wie in den Urlaub fahren.

»Musik fehlt«, sage ich, und weil weder Hella noch ich an Musik gedacht haben, drehe ich den Radioknopf herum, und es knackt und rauscht, bevor der erste

Song unserer Reise erklingt: »Hotel California« von den Eagles.

»Gut?«, frage ich drehe gleichzeitig schon lauter.

»Ist okay«, sagt Hella, und weil sie ihren Sitz jetzt nach hinten stellt, sich zurücklehnt und ihre nackten Füße auf dem breiten, staubigen Armaturenbrett ablegt, weiß ich, dass der Song ihr tatsächlich gefällt. Ihre Zehennägel fangen kurz meinen Blick, türkise Punkte vor der grauen Autobahnauffahrt, die sich vor uns um die erste Kurve biegt. Zusammen sind wir raus, erstmal weg. Während ich den Schildern folge, die nach Norden zeigen, schließt Hella bald schon die Augen, dreht den Kopf zur Fensterseite.

Schon an der ersten Raststätte halten wir an. Während ich den Kombi volltanke, kauft Hella uns Kaffee und Croissants, und kurz muss ich an zu Hause denken, an Vater und die letzte Nacht. Ich frage mich, ob er gemerkt hat, dass ich da war. Ob er mich im Garten gesehen hat. Und ob er traurig war, als ich wieder ging. Aber was weiß Vater schon von Traurigkeit, hat er auch nur die mindeste Ahnung davon, wie es sich anfühlt? Traurig sein? Wird er jemals wissen, wie traurig ich war, als Mama nicht mehr da und er plötzlich noch härter und kälter war? Ich weiß es nicht, und als ich darüber nachdenke, dass ich es vielleicht nie wissen werde, weil Vater vielleicht nie mit mir über seine Traurigkeit reden wird, wenn es die denn überhaupt gibt, als ich das denke, ist mir einen kurzen Moment gar nicht gut.

»Zahlst du?«, fragt Hella, die unsere Croissants, Kaffeebecher, Zuckerpäckchen und Plastiklöffel in einer winzigen Pappschale aus dem Raststättenshop jongliert und mit dem Kopf Richtung Tankanzeige nickt. Keine wirkliche Frage war das, denn sie fügt noch hinzu: »Ich hab dem Typen drinnen schon gesagt, du machst das gleich.«

Ich denke an Martins Geld. Die paar Scheine, die er mir für die ersten Stationen der Reise gegeben hat. Viel ist es nicht. Anders als auf der ersten Promo-Tour, die teils auch per Zug und über bereits gebuchte Tickets von *World Records* lief, sind wir jetzt auf die eigenen, noch nicht nennenswerten Einnahmen angewiesen. An sich kein Problem, denn ich habe immer noch Vaters Kreditkarte, die Deal-Karte, wie er sie nannte. Sein Deal: Ich mache ein vernünftiges Abi, und er zahlt. Für alles. Der Deal verlängert sich automatisch, wenn ich auch nach der Schule seinen Plänen folge. Kurz nach der Abi-Feier starb Mama, und Vater hat zwar deutlich gemacht, dass mir die Deal-Karte nur dann weiter zustehe, wenn ich Jura studiere, aber er hat sie mir auch noch nicht weggenommen oder gesperrt. Ein Leichtes wäre es jetzt für mich, Hella und mir eine gute Reise zu verschaffen, schönes Essen, Top-Hotels. Aber genau das will ich nicht. Ich will nicht der Reichensohn sein, der alles von Vater in den Arsch geschoben bekommt. Ich will auf eigenen Beinen stehen und die Deal-Karte nur im Notfall ziehen.

»Martin zahlt«, sage ich, »hat mir was mitgegeben, kleine Kaffeekasse, hat er gesagt, müsse bis Bremen reichen.«

»Nur bis Bremen?«

»Da kriegen wir ja wieder was.«

»Wie viel eigentlich?«

»Fünfhundert, meinten die Boomerangs.«

»Arschlöcher«, sagt Hella und schüttelt den Kopf.

»Wieso, geht doch«, sage ich.

»Einen Scheiß geht das, die kriegen doch mindestens fünftausend, die verarschen dich doch.«

»Glaub ich nicht«, sage ich, »und selbst wenn, fünfhundert Euro für die paar Schnulzen sind doch ganz okay.« Ich zwinkere Hella kurz zu, aber dieser Spaß ist nichts für sie.

»Lass dich nicht verarschen, mehr sage ich dazu nicht.«

Wir gehen ein Stück. Runter von der Tankstelle und über die Raststättenauffahrt, auf der ein Lkw nach dem anderen an uns vorüberzieht. Auf einem Grünstreifen bleiben wir stehen, und Hella zündet sich eine Zigarette an. Der Rauch verfliegt in der heißen Luft, ist kaum sichtbar, wenn Hella ihn zum Himmel bläst. Über uns fliegen zwei Flugzeuge gar nicht weit voneinander entfernt. Die weißen Spuren, die sie hinterlassen, kreuzen sich auf dem ewigen Blau. Ich lasse Hella kurz allein, gehe über verbranntes Gras und dünne, knisternde Zweige noch ein paar Meter, bis ein kurzer Abhang kommt, übersät mit buntem Plastikmüll, Bierdosen und Flaschen, es riecht nach Alkohol und Urin. Unter dem Müll sind Äcker, und weiter hinten sehe ich einen kleinen, einsamen Bauernhof. Wer hier lebt, lebt anders, denke ich, und ich überlege, wie glücklich die Menschen hier sind und ob ich selbst hier glücklich geworden wäre, weg von Charlottenburg, der Villa und noch mehr Villen, den Reichen, ihrer Engstirnigkeit. Ich denke darüber nach, ob Vater hier draußen ein anderer gewesen wäre.

»Weiter?«, höre ich Hella hinter mir rufen.

»Weiter«, sage ich, und langsam gehen wir zurück zum Wagen.

16

Und danach gehen wa noch schön steil, wa?«, sagt der Boomerangs-Sänger Ben zu einem blonden Mädchen, höchstens achtzehn, das sehr früh erschienen ist.

Zu früh für das Konzert, aber genau rechtzeitig, um den Musikern vorher persönlich zu begegnen: beim Soundcheck, neben der Bühne, an der Bar. Der Laden, der *Hafen* heißt, ist groß, zweimal das *Flamingo,* mindestens, aber wenn es hier noch leer ist, läuft man sich über den Weg, ob man will oder nicht, und das blonde Mädchen, hat es geschafft und einen der Stars des Abends hautnah erwischt. Genau wie ihre Freundin, ebenso blond und ähnlich jung, die mit Boomerangs-Gitarrist Chris hinten am Mischpult steht und spricht. Ich kann nicht hören, worüber sie reden, kann mir nur denken, dass sie ähnliche Dinge besprechen wie Ben und sein Mädchen, die dicht nebeneinander und direkt vor mir am Bühnenrand sitzen.

»Cool«, sagt das Mädchen, »was habt ihr denn so geplant? Meine Freundin und ich überlegen ja auch gerade, was wir nachher noch machen sollen.«

»Ma sehen«, sagt Ben, »is ja allet möglich, wa? Hier in Bremen. Jeht ja immer wat, wa?« Dabei grinst er das Mädchen so selbstverliebt und siegessicher und irgendwie gierig an, dass ich einen Drang verspüre, dazwischenzugehen, Ben zu erzählen, wie schlecht das ist, wie mies, beschissene Rockstarklischeescheiße, aber ich mache es nicht, ich bleibe sitzen, auf hundertachtzig, aber vernünftig, rutsche ich auf dem Hocker vor dem Rhodes hin und her und rufe dem Mischer meine Wünsche zu, der sie mal mehr und mal weniger umzusetzen weiß.

»Da kommen wa bestimmt irjendwie zusammen«, redet Ben weiter, »ick hätt jedenfalls Bock, ick frag ma die Jungs, und dann sehen wa uns später, wa?«

»Freu mich vooоll!«, sagt das Mädchen, und es klingt, als fände sie das, was Ben sagt, tatsächlich total gut. Kommt schließlich aus Bens Mund, dem Mund des Boomerangs-Sängers, eines Promis oder zumindest: ihres Promis.

»Willste eijentlich ooch mit, mit deine Süßen?«, fragt Ben jetzt mitten ins Rufgespräch zwischen dem Mischer und mir, »ma mit die Großen feiern? Hähä!«

»Mal gucken«, sage ich, ohne Ben dabei anzusehen.

»Jut«, sagt Ben und macht einen Satz von der Bühnenkante auf die Tanzfläche, »kannste dir ja überlegen. Aber überleg's dir jut!«

Mein Blick schweift nun doch rüber, und ich sehe Ben nach, wie er zu seinen Bandkollegen geht und sie einander abklatschen, wie sie sich gegenseitig, aber vor allem jeder sich selbst als Gewinner feiern. Wie sie sich wahrscheinlich amüsieren über die beiden Mädchen und das anstehende Date, das so leicht werden wird, weil sie eben so wahnsinnig gewinnermäßig unterwegs sind. Wie sie da stehen, in ihren bunten Hemden, die in engen Hosen stecken, die wiederum in blitzblanken, weißen Turnschuhen münden. Das ist nicht mal Guns N'Roses, denke ich, das ist Caught in the Act. Einen Scheiß sind diese

Jungs Rock, eine 1-a-Boygroup sind die. Mädchenmusiker. Starschnittvorlagen. Ben und die anderen Boomerangs-Jungs verkörpern so ziemlich alles, was ich niemals sein will. Aber Vorsicht, denke ich, bloß nicht reinsteigern, das gibt nur Ärger, und schließlich brauche ich die Boomerangs noch. Diese Jungs sind mein Sprungbrett, zumindest auf Zeit. Ein Scheißsprungbrett, klar, das ist offensichtlich, das wusste ich von Anfang an, zumindest hatte ich so eine Ahnung. Aber Sprungbretter wie dieses muss man aushalten, denke ich, wenn man die Karriere nicht schon beenden will, bevor sie überhaupt angefangen hat. Also lasse ich die Jungs, ich sage nichts, das nehme ich mir fest vor. Ich mache einfach mein Ding, denke ich, so wie ich es im *Flamingo* gemacht habe, einfach spielen und singen und freuen, wenn alles geklappt hat, das ist mein Plan, der Rest ist egal, total egal. Ich spiele noch zwei Songs an und gebe dem Mischer Zeichen, dass für mich alles passt. Dann gehe auch ich von der Bühne und zu Hella, die an eine der runden Säulen auf der Tanzfläche gelehnt steht. Müde sieht sie aus, auch gelangweilt. Ihr Blick fällt nach unten, wo sie mit einer Fußspitze über den rauhen Betonboden streift, immer wieder, von einer Seite zur anderen. Hella hat hier nichts zu tun, gar nichts, denke ich, und ich denke das jetzt zum ersten Mal. Hella hat keine Aufgabe, und wenn überhaupt, dann die, aufzupassen, dass ich keinen Blödsinn mache, so hat Martin sich das zumindest gedacht. Aber wenn ich auf der Bühne stehe, kann Hella nichts machen. Sie kann nur hier unten bleiben, zusehen und hören, was oben passiert.

»Na«, sage ich, »bei dir alles gut?«

»Ja, ja«, sagt Hella und sieht weiter auf den Boden. Sie legt die Arme hinter den Rücken, überschlägt die Beine.

»Wollen wir raus? Ich hol mal zwei Bier, und dann gehen wir raus und trinken die, und du kannst rauchen.«

»Wie nett von dir«, sagt Hella, lässt einen kleinen rosa Ball aus ihrem Mund wachsen und zerknallen, »supernett.«

»Was denn?«

»Dass ich trinken und rauchen darf, echt nett von dir.«

»Was soll das denn jetzt?«

»Nichts.«

»Was hab ich denn gemacht.«

»Nichts«, wird Hella schon lauter.

»Wie, nichts? Wieso bist du denn jetzt so drauf?«

»Ich bin überhaupt nicht so drauf.«

Ich sage nichts mehr, grinse irritiert und warte, bis Hella mich ansieht, und als sie das tut, grinst sie auch.

»So«, sage ich, »und jetzt raus hier.«

In der engen Gasse hinter dem *Hafen* lehnen wir uns an die warmen Klinker eines Wohnhauses. Dichter Efeu schlängelt sich an den rotbraunen Steinen herab bis auf die Pflastersteine, und als ich hochsehe, um herauszufinden, wo die Pflanze herkommt, sehe ich eine Dachterrasse, umzäunt von dünnen Bambusstäben und den ersten herzförmigen Blättern. Die Terrasse ist abgesteckt von zwei hohen Holzmasten, zwischen denen eine Leine mit bunten Glühbirnen gespannt ist, grüne, blaue, gelbe und rote Lichter leuchten da oben, und dahinter geht langsam die Sonne unter.

»Ganz schön, oder?«, frage ich in die Stille, und Hella folgt meinem Blick aufs Hausdach.

»Joah, geht«, sagt sie und klingt nicht halb so begeistert wie ich. Mit dem Rücken an der Wand geht sie in die Hocke. Sie legt den Kopf weit zurück, schließt die Augen und nimmt zwei tiefe Züge von ihrer Zigarette.

»Vielleicht können wir morgen mal was anderes machen«, sage ich, »mal was ohne Musik, irgendwo draußen, Wetter soll ja super sein, wir könnten auch schon nachmittags zum Festival, die haben da wohl ganz coole Sachen auf den Wiesen am Deich, soll gut sein.«

»Von mir aus«, sagt Hella, »auf jeden Fall hab ich keinen Bock mehr aufs Rumstehen und Warten und den ganzen Scheiß. Du machst hier einen auf Star, und ich bin nur die ›plus eins‹ auf der Gästeliste und hab bis zum Konzert nichts zu tun, supernervig.«

»Daran hab ich vorhin auch schon gedacht.«

»Ach«, sagt Hella abfällig und ungläubig.

»Hab ich wirklich«, sage ich, »kein Scheiß, deshalb will ich ja raus mit dir und mal das Festival genießen, du und ich ...«

»... jetzt werd mal nicht romantisch.«

Plopp!

»Alles klar, keine Romantik, hab ich verstanden, ist ja auch überschätzt, also Romantik und so«, sage ich und grinse, »Romantik, pah! Haben wir doch gar nicht nötig! Romantik, das ist doch eh nur ...«

»Ja, ja, Schnauze jetzt, wir machen das mit dem Festival, und gut.«

»Super«, sage ich, »freu ich mich drauf.«

17

Vielen, vielen, vielen Dank!«, rufe ich halb ins Mikro, halb daneben und einfach in die Menge.

Der *Hafen* ist voll, überall stehen Menschen dicht gedrängt, und direkt vor mir am Bühnenrand stehen junge Mädchen in Boomerangs-Shirts. Sie beobachten meinen Auftritt scheinbar durch ihre Telefone, zumindest halten sie die durchgehend hoch, und manchmal trifft mich ein Blitz.

Es könnte nicht besser laufen. Die Stimmung ist bestens, und ich bin bis in die Haarspitzen glücklich. Ich genieße das Bühnengefühl, habe überhaupt keine Angst mehr. Vielleicht die ersten Sekunden, die ersten Akkorde, die ersten Zeilen, die ich singe, danach aber ist alle Angst weg. Gewichen für Glück. Vielleicht ist das jetzt zu viel Dankbarkeit, die ich zeige, aber ich kann nicht anders, es kommt einfach aus mir heraus. Meine Freude darüber, dass die Leute mögen, was ich mache, ist so groß, dass sie mich für den Moment von Kopf bis Fuß kontrolliert. Ich sitze am Rhodes und schwitze im grellen Licht, das aus so vielen Richtungen auf mich fällt, dass es sich anfühlt wie ein einziger, riesiger, warmer Lichtstrahl.

Dass mein nächstes schon mein letztes Lied ist, finde ich sogar schade. Sechs Lieder waren abgemacht, das nächste ist schon mein siebtes, wird wohl okay sein, denke ich, aber mehr sollten es nicht sein, sonst wird nachher noch gemeckert. Nach dem siebten Lied ist Schluss, so viel steht fest und auch, dass das siebte gut werden muss, richtig gut. Passend zum Schluss spiele ich meine »Kleine Nachtmusik«, die Oberschnulze, wie Hella findet. Die schönste Art, tschüss zu sagen, finde ich. Und ich entscheide mich, den Song vorher anzusagen. Zu sagen, dass der Song für alle ist, die jetzt da sind, für dieses Publikum, das natürlich nicht mein Publikum ist, die meisten sind wegen der Boomerangs da, das weiß ich ja, aber sie haben mich so gut aufgenommen, mitgenommen in ihren Abend, haben ihre Vorfreude mit mir geteilt, dass ich nur kurz sagen will, wie gut sich das angefühlt hat. Ich nähere mich wieder dem Mikro, sehe in das Meer aus Gesichtern, die großen, zufriedenen Augen, die strahlenden Handys.

»Ihr seid so super«, sage ich, »danke, danke, danke für diesen Abend, ich hab's genossen, hier mit euch. Und bevor's gleich mit der großen Show weitergeht, kommt von mir noch was Kleines. Was Romantisches.«

»Oooh«, höre ich helle Mädchenstimmen vor mir, und ich muss grinsen.

»Ich wünsch euch einen Superabend und eine tolle Nacht. Das hier ist für euch, meine ›Kleine Nachtmusik‹.«

Kleine Nachtmusik

Strophe 1:
Komm näher, noch ein kleines Stück
Komm zu mir, geh nie mehr zurück
Ich habe gewartet, bis der Himmel schwarz war

Bis der Mond und die Sterne, bis alles so klar
War ich dir schon näher, näher als jetzt
Ich spiel nur für dich, eine kleine Nachtmusik

Chorus:
Das ist dein Lied
Das ist mein Herz
Das ist ein Geschenk
Nimm es für immer
Denk immer daran
Dass ich für dich schrieb
Was du für mich bist
Dass das unsere Nacht ist

Strophe 2:
Lehn dich zurück, lehn dich bei mir an
Lass dich fallen, komm, wir fallen zusammen
Du schließt deine Augen, ich schließe meine
Spür dich so sehr, spürst du, was ich meine
Das hier ist das Beste, in diesem Augenblick
Spiel ich nur für dich, meine kleine Nachtmusik

Bridge:
Wir, du und ich
Zwei wilde Herzen
Schlagen für immer
Weil das für immer ist

Chorus 2x:
Das ist dein Lied
Das ist mein Herz

Das ist ein Geschenk
Nimm es für immer
Denk immer daran
Dass ich für dich schrieb
Was du für mich bist
Dass das unsere Nacht ist

Als ich zum Abschied winkend hinter die Bühne gehe, klingt die Menschenmasse im *Hafen* schon wieder wie vor meinem Auftritt. Wie ein enges Geflecht aus Unterhaltungen und Gelächter, das eins wird mit der lockeren Elektro-Musik, die jetzt durch die Boxentürme in den Laden fließt. Während ich noch aufgeputscht bin vom Gefühl, das mir der Auftritt gab, hat sich das Publikum längst beruhigt.

Auf dem Weg zum Backstageraum komme ich am Boomerangs-Sänger vorbei, der in einem der engen Gänge an der Wand lehnt und telefoniert. Er nickt mir zu, als er mich sieht, nur kurz, dann ist er wieder voll im Gespräch. Hier hinten hat er von meinen Songs sicher kaum etwas mitbekommen, vielleicht nichts. Wird ihn auch nicht weiter gestört haben, denke ich, besonders interessiert an mir und meiner Musik scheint er sowieso nicht. Ich bin eben nur Support, denke ich, und was ist schon ein Support für den Sänger der Boomerangs? Völlig uninteressant. Für den Typen hier im Gang bin ich nicht mehr als einer, der die Zeit bis zum eigenen Auftritt überbrückt. Das war's. Mehr nicht.

Im Backstageraum angekommen, stehen dort die anderen Boomerangs und trinken Bier. Mit Hella. Sie ist inmitten der Band und trinkt und lacht und bemerkt gar nicht, dass ich reinkomme, erst als der Boomerangs-Gitarrist die Hand hebt und mich grüßt, sagt Hella etwas in die Runde und kommt zu mir.

»Bierchen?«, fragt sie, bläst mit dem Kopf im Nacken eine Blase nach oben, deren Platzen wegen der allgemeinen Lautstärke gar nicht zu hören ist. Sieht so aus, als habe Hella schon zwei, drei Biere getrunken. Überhaupt hat sich hier hinten in der halben, höchstens Dreiviertelstunde, die ich weg war, einiges geändert. Dichter Rauch hängt unter der Decke, Eiskübel mit schräg darin liegenden Sektflaschen, Sektgläser, Schnaps- und Bierflaschen sind auf den Tischen, auf denen zuvor das Essen aufgebaut war. Und der Boomerangs-Bassist hält in einer Hand eine große, neongelbe Plastikpistole, deren Lauf bunt gefärbt ist, und ein Blick auf den Boden verrät, dass es Konfetti ist, was den Lauf füllt, und dass der Boomerang seine Waffe schon mehrfach benutzt haben muss, denn da unten liegt alles voll mit den kleinen, runden Schnipseln. Die Party hat hier längst begonnen, denke ich, die Boomerangs feiern sich schon mal warm, und weil ich keine Lust habe, mich jetzt an irgendetwas zu stören, und wenn ich es noch so dämlich und unnötig finde, entscheide ich mich, hier einfach mal einzusteigen, zumindest mit Hella, denn auf Biertrinken mit ihr habe ich schon Lust, also sage ich: »Jo, Biertrinken ist gut.«

»Sehr gut«, sagt Hella und drückt mir direkt eine Flasche in die Hand und stößt mit ihrer dagegen.

Gleichzeitig sagen wir: »Denn mal prost.«

»Prost«, schallt von hinten der Boomerangs-Chor rüber, und als ich zu den Jungs sehe, meine ich zu erkennen, dass der Boomerangs-Sänger Hella zuzwinkert und irgendwie eklig grinst.

»Was ist denn mit dem?«, frage ich Hella.

»Mit wem?«

»Dem Ober-Boomerang.«

»Der ist doch ganz cool.«

»Der ist vor allem ziemlich hohl.«

»Zu mir war der sehr nett.«

»Dann ist doch alle paletti.«

Hella sieht mich belustigt an, sagt mit fragendem Ton nur: »Schnulzenjunge!?«

»Was denn?«

»Eifersüchtig, oder was?«

»Genau.«

»Ich dachte nur«, sagt Hella und grinst, als sie mir ihre Flasche erneut zum Anstoßen hinhält.

»Ich weiß übrigens was, was du nicht weißt«, sagt sie und grinst weiter.

»Dass ich eifersüchtig bin, oder was?«

»Nee, dass wir jetzt Schnaps trinken gehen. Komm, los, ich sag Martin auch nichts.«

Wir müssen beide lachen, und ohne ein weiteres Wort gehen wir an den Boomerangs vorbei zu den Getränketischen und schenken Tequila in weiße Plastikbecher.

Es ist zwei, vielleicht halb drei, als Hella und ich vor dem *Hafen* stehen, ich schätze die Zeit nur, sehe nicht mehr nach, und es ist mir auch egal. Hella steht an die Mauer gelehnt, umrahmt von Konzertplakaten und Graffitis. Ich stehe vor Hella. Um uns herum ist viel los, das Publikum der Boomerangs erholt sich draußen von der schweißtreibenden Show und wartet auf das, was noch kommen soll, eine Kneipen- oder Club- oder einfach nur eine lange Nacht auf den Straßen im Viertel. Und diese Nacht ist hell, der Mond ist fast voll. Ich bin alles, aber nicht müde. Ich sehe Hella in die Augen. Gemeinsam rauchen wir eine Selbstgedrehte, die ich drehen sollte, Hella hat darauf bestanden. Nach ein paar Zügen an dem dicken, viel zu luftigen Ding spüre ich die Biere und Schnäpse noch mehr. Ich bin in dieser Nacht angekommen, berauscht und selig, ich sauge alles auf. Und ich habe das Gefühl, ich komme Hella immer näher. Ich finde sie auch immer schöner. Ihr kurzer, grüner Rock, ihr weißes Top, die langen, goldenen Ohrringe unter der Haarpracht, die scheinbar endlos geschwungenen Wimpern. Mit jeder Sekunde wird Hella reizvoller. Wird diese Nacht immer spannender. Bekomme ich immer mehr Lust.

»Ich fand das übrigens ziemlich gut heute«, sagt Hella und zieht ein letztes Mal an dem unförmigen Stengel, bevor sie ihn vor sich auf den Boden wirft und mit dem Fuß drauftritt.

»Stehst du jetzt auf Schnulzen, oder was?«, frage ich, und Hella muss so wunderbar verlegen grinsen, wie ich es zuvor noch nie bei ihr gesehen habe.

»Stand ich ja vielleicht schon immer«, sagt Hella und kommt einen Schritt auf mich zu.

Ich weiß nicht, wie mir geschieht, nicht, was ich tue, ich habe mich nicht mehr im Griff. Habe Hellas Top im Griff. Ganz leicht fasse ich danach, ziehe daran, ziehe Hella zu mir, und Hella lässt es geschehen. Sie kommt noch näher, nur noch Zentimeter, dann berührt meine

Haut ihre, ihre Wange meine, und wir fassen uns an den Händen, drehen uns hin und her, als würden wir tanzen. Und dann tanzen wir wirklich. Wir tanzen im Mondschein, in der Wärme der Nacht, und Hella löst eine Hand, legt sie auf meinen Rücken, drückt mich an sich, küsst mich am Hals. Küsst mich noch mal. Fährt mir mit einer Hand durchs Haar. Ich schließe die Augen. Und dann küsse ich Hella auch. Wir küssen uns. Hellas Lippen treffen meine in einem Moment ohne Raum und Zeit.

18

Langsam und so leise ich kann, gehe ich die paar Schritte vom Bad zurück ins Zimmer. Ich sehe fast nichts. Nur Umrisse erkenne ich, vom Tisch und den zwei Sesseln und dem Bett, das mit dem Kopfende zum Fenster steht. Die schwarzen Bettkanten glänzen im Mondlicht, das durch die Ritzen der Rollladen dringt. Vorsichtig setze ich einen Fuß vor den anderen, versuche, nirgendwo gegen zu stoßen, ich will nicht, dass Hella wach wird. Mit den Händen taste ich mich an den Möbeln entlang zum Bett. Kurz bevor ich dort ankomme, trete ich auf die Tabaktaschen. Die Kälte des Plastiks erschreckt mich, so dass ich den Fuß schnell danebensetze und dabei zwei oder mehr leere Flaschen umtrete. Lautes Klirren. Viel zu laut, um davon nicht wach zu werden. Ich höre, wie Hella sich im Bett bewegt.

»Hey«, sagt sie leise.

»Schlaf weiter«, sage ich, »nichts passiert.«

»Was machst du denn?«

»Nichts, alles gut. Gute Nacht.«

Sie seufzt nur und dreht sich zur Wand. Weg vom Mondlicht. Weg von mir. Als ich ins Bett steige, zu ihr unter die Decke, sie anfasse, ihr über die warme Haut streichele, über den Rücken und den Hals, kommt von ihr nichts. Nicht mehr. Auch als ich ihre Schulter küsse, regt sie sich nicht. Irgendwie traurig, finde ich, denn so schnell Hella aufgewacht ist, ist sie nicht wieder eingeschlafen, da bin ich mir sicher, ich meine zu spüren, dass sie wach neben mir liegt, nachdenkt, ob das richtig war, das mit dem Bier und dem Schnaps nach dem Konzert, das mit der Zigarette vorm Club. Das mit uns. Mit dem Kuss vor dem Club und im Flur des Hotels. Mit der ganzen Nacht. Und als ich mich umdrehe und mit meinem Rücken an ihrem liege, denke auch ich, dass das hier schön war, aber vielleicht nie mehr schön wird.

Der nächste Morgen, Frühstücksraum. Aus einem braunen, laut brummenden Automaten plätschert Orangensaft in Hellas Glas, das sie gar nicht erst abstellt beim Auffüllen, als habe sie es eilig.

»Und, was machen wir jetzt?«, frage ich, als Hella mit ihrem Saft einen Schritt zur Seite macht und der orangegelbe Strahl nun in mein Glas rauscht. Hella sagt nichts. Sieht nicht einmal hoch. Hastig greift sie im Besteckkasten nach Messer, Löffel und Gabel für sich, und während ich noch am Automaten stehe, geht sie schon weg, sagt nur: »Wie, was machen wir jetzt??«

»Was wir jetzt machen«, sage ich, nehme schnell mein Glas und gehe Hella hinterher zum Tisch mit unserer Zimmernummer, »ich hab noch Zeit, und wir wollten doch zum Festival.«

»Ach so.«

»Was dachtest du denn?«

»Nichts.«

Als wir uns setzen, wird mir klar, dass Hellas »nichts« alles bedeutet, aber nicht nichts. Als sie das eben sagte, auch das davor, als sie nachfragte, was ich denn meinte mit dem »Was machen wir jetzt?«, klang das irgendwie abweisend und schroff. Als würde Hella denken, ich wäre darauf aus, die letzte Nacht zu besprechen, was das denn war, mit uns, und wie es jetzt weitergehen könnte. Und auch wenn ich das gerne wüsste, wirklich zu gerne, würde ich das niemals fragen, schon gar nicht jetzt, erst ein paar Stunden danach.

Es ist halb elf, der kleine Saal ist gefüllt mit Gästen. Gut zwanzig runde Tische für je vier Personen sind gedeckt und besetzt. Die Stühle hier sind mit farblich verblassten Stoffbezügen bezogen, teils mit feinen Rissen, aus denen weißgrauer Schaumstoff quillt. Auch wenn man die Farben der Bezüge nur erahnen kann, sieht man doch deutlich, dass sie hier nicht zum Rest passen, nicht zum Beigeton der Tapeten und auch nicht zum Teppich, der in einem knalligen Rot und mit zahlreichen dunklen Flecken verziert auf dem Fußboden ausliegt. Ein bisschen schrill sieht das aus, fast hektisch. Modisch sind das die Achtziger, denke ich, aber im Original, denn dass die Achtziger irgendwann wieder angesagt waren, haben die hier sicher nicht bedacht. Das hier hat mit angesagt nichts zu tun, nicht bewusst. Das hier sieht einfach nur mies aus, denke ich. Ein Saal ohne Stil. Zum Wegsehen. Wie eigentlich das ganze Hotel. Haben wir natürlich Martin zu verdanken, dem alten Sparschwein. Martin bucht nur Hotels dieser Art. Die sehen nicht gut aus, sind nicht gemütlich, und der Service fehlt praktisch ganz.

»Irgendwann seid ihr mir dankbar dafür«, meint Martin, »dann wisst ihr zu schätzen, was ihr habt. Wenn ihr nur noch in Nobelschuppen pennt, werdet ihr die richtig genießen, weil ihr wisst, dass es auch anders gehen kann, ganz anders.« Unser Einwand, es könne doch sein, dass es zum Pennen in Nobelschuppen gar nicht erst kommt, weil wir es karrieremäßig nicht bis dahin schaffen, und dass wir deshalb auch jetzt die Karriere genießen und in vernünftigen Hotels schlafen sollten, überhört Martin einfach, dazu sagt er nichts, Jeden-Cent-Umdreher, der er ist. Das ist eben die Abmachung, auch das ist uns klar, und deshalb macht Martin das Management, und wir schlafen in billigen Kaschemmen. Ich könnte das natürlich ändern und uns mit der Deal-Karte bessere Unterkünfte bezahlen. Aber ich will nach wie vor weder Vaters Geld noch Hella zeigen, dass ich es habe, ohne etwas dafür zu tun.

Schweigend trinken wir unsere Säfte. Zwischen uns, in einer Schale aus dünnem, gebundenem Draht, liegen zwei Brötchen. Gleichzeitig greifen wir danach und schaffen es doch, dass unsere Hände sich nicht berühren.

»Also ans Wasser«, sagt Hella, als sie ihr Brötchen halbiert, »ist doch am Wasser, oder, das Festival? Osterdeich, oder wie heißt das?«

»Ja, Osterdeich«, sage ich.

»Also gehen wir da gleich hin, oder was?«

»Gerne«, sage ich, und ich verkneife es mir nicht, es so übertrieben freundlich klingen zu lassen und damit auf Hellas harten Ton anzuspielen.

Kurz blickt sie auf, sieht mir in die Augen. Ich grinse. Hella sieht schnell wieder runter.

Es ist ein heißer Junitag, schwül, die Luft steht. Schwitzend schieben sich die Menschen durch die engen Gassen der Innenstadt, drängeln sich vor überfüllten Cafés und Eistheken und suchen nach einem Platz zum Ausruhen. Straßenbahnen bimmeln, wenn jemand den Fahrrillen zu nah kommt, und neben dem Kiosk, vor dem ich auf Hella warte, die Tabak kaufen will, schreit ein Obstverkäufer den Passanten seine Preise zu. Ich stehe zwischen zwei Postkartenständern mit Postkarten von den Stadtmusikanten, dem Rathausplatz und dem Weserstadion. Ich wische mir den Schweiß von der Stirn. Ein bisschen schwummrig ist mir. Das ist der Alkohol. Die Musik, das Trinken und die Gespräche mit Hella, die Freude, wenn ich es schaffte, sie zum Lachen zu bringen, das alles hat zu viel Spaß gemacht, ich konnte und wollte nicht aufhören, und das habe ich jetzt davon, denke ich, einen Kater und Stress mit Hella, die fast gar nichts mehr sagt, wenn wir zusammen sind. Es ist unausgesprochener Stress. So nah wir uns kamen, so weit haben wir uns danach wieder voneinander entfernt. So sehr geht Hella jetzt auf Distanz. Als wäre ihr das alles zu viel und als habe sie Angst vor noch mehr.

»Und jetzt?«, fragt Hella, als sie mit einem Päckchen Tabak und Blättchen in den Händen aus dem Kiosk kommt und schon damit beginnt, sich eine Zigarette zu drehen. Sie sieht mich nicht an, als sie das sagt. Sie sieht auf die Straße, und ihr Blick folgt den Fahrradfahrern, die beim Fahren zwischen den Bahngleisen so ihre Mühe haben.

»Wir wollten doch ans Wasser«, sage ich.

Hella nickt und setzt ihre Sonnenbrille auf.

Auf dem Weg zum Osterdeich stoppen wir noch bei einem der vielen griechischen Imbisse im Viertel, und ich kaufe zwei Bier, denn Bier kann ich jetzt brauchen und Hella vielleicht auch, denke ich, vielleicht wird alles entspannter, wenn wir wieder Bier trinken und nicht mehr an das denken, was passiert ist, sondern nur an das Jetzt und Hier und was heute noch kommt. Biertrinken hilft gegen das Grübeln, denke ich, und ich hoffe, dass Hella das genauso sieht. Ich will jetzt nur, dass alles gut wird zwischen uns.

Auf dem Deich haben wir freie Sicht über den Festivalaufbau. Auf der Wiese am Fluss steht ein Wagen neben dem anderen, die meisten haben noch nicht geöffnet, aber es blinken schon die Leuchtreklamen: Handbrot, Bratwurst, Crêpes und Eis gibt es unten, und natürlich Bier, Limos und Cocktails, so weit wir sehen können. Zwischen den Wagen, zentral gelegen, stehen zwei rot-gelbe Zirkuszelte, ein großes und ein mittelgroßes. Im großen Zelt, hat Martin gesagt, würde ich auftreten, als zweiter von drei Acts und wieder als Support der Boomerangs, die natürlich das Highlight des Abends wären.

Als wir auf einer Steintreppe den Deich runtergehen, versuche ich daran zu glauben, dass wir, wenn wir uns gleich setzen und trinken und den vorbeifahrenden Kanus und kleinen Booten auf dem Wasser hinterhersehen, die ersten, leisen Festivalgeräusche im Rücken, dass wir dann lockerer werden.

»Da?«, frage ich Hella und zeige auf ein sattes Stück am Ende des Hangs.

»Von mir aus«, sagt Hella und setzt sich.

»Bierchen?«, frage ich.

»Schon wieder?«

»Wieso nicht?«

»Weil's erst mittags ist!?«

»Macht doch nichts.«

»Mach doch, was du willst.«

Das habe ich nicht erwartet. Hätte nicht gedacht, dass Hella noch mehr Abstand nehmen könnte. Dass sie noch schroffer werden würde. Sie klingt fast, als wäre sie am liebsten gar nicht mehr hier. Bringt aber nichts, denke ich, wenn ich ihr jetzt sage, dass ich das irgendwie blöd finde, das macht es nicht besser, denke ich, womöglich sogar noch schwieriger, aber nichts sagen bringt auch nichts, denn das würde bedeuten, dass alles so bleibt, wie es ist, und das kann auch keiner wollen, weder Hella noch ich, also wage ich mich vorsichtig an sie heran. »Bei dir alles gut?«

»Ja, ja«, sagt Hella.

Kurze Pause. Ich überlege.

»Wenn es wegen gestern Nacht ist …«, sage ich, aber weiter komme ich nicht, denn Hella unterbricht mich: »Ist es nicht«, sagt sie, »gib mir mal Bier.«

Ich sehe aufs Wasser. Besser, ich lasse das Fragen jetzt sein. Ich will Hella nicht nerven. Ich will nicht der dumme Junge sein, der nach dem ersten Sex denkt, da gehe noch mehr, viel mehr, und der schnellstmöglich Klarheit will, wie viel genau. Ich will nicht der Typ sein, der Hella blöd kommt, wenn es auch alles ist, aber nicht blöd, nach einer solchen Nacht mal nachzufragen, woran die schlechte Stimmung liegt. Blöd ist das nicht, denke ich, aber eben nervig, zumindest für Hella, und deshalb höre ich jetzt damit auf. Ich nehme die beiden Bierflaschen aus dem Gras, öffne die eine mit der anderen und gebe die offene Hella. Ich krame ein Feuerzeug aus der Hosentasche. Der zweite Kronkorken fliegt bis zu den Steinen am Ufer.

»Prösterchen«, sage ich.

Noch während ich spreche, ärgere ich mich darüber, wie dämlich das klingt, dämlicher ging's nicht, denke ich, Prösterchen ist wirklich das Dämlichste, was in diesem Moment drin war, und ich erwarte von Hella die passende Antwort, die nächste Schroffheit, verdient hätte ich's, denke ich, wenn Hella schroff sein will, dann jetzt, sie hat allen Grund und mein vollstes Verständnis. Aber Hella ist nicht schroff. Hella ist fast freundlich, jedenfalls im Vergleich. Sie macht alles richtig. Sie schweigt. Sie sagt kein Wort. Stößt nicht mal an, als ich ihr nach meiner Dummheit auch noch meine Flasche hinhalte, sondern führt ihre direkt zum Mund und nimmt große, schnelle Schlücke, das Bier gluckert in sie hinein, bis die Flasche halb leer ist und wieder im Gras versinkt.

»Wann ist denn das Interview?«, fragt Hella, während sie heftig aufstoßen muss, eine Hand vor den Mund hält und mit der anderen schon im Tabakbeutel rührt.

»Halb drei.«

Hella nickt. »Ich hau dann mal ab. Paar Sachen besorgen und so.«

»Ist aber nur 'ne halbe Stunde«, sage ich, »wenn überhaupt.«

»Immerhin«, sagt Hella und setzt das Bier noch mal an.

Kurz darauf sitze ich in einem kleinen Straßencafé. Ich warte auf den Journalisten, der sich verspätet. Wollte schon vor zehn Minuten hier sein. Immer wieder checke ich meine Mails, vielleicht hat er mir ja geschrieben, aber da ist nichts, keine Absage, keine Wort über ein mögliches Zuspätkommen. Und während ich noch darüber nachdenke, was Hella so dringend besorgen will, gleichzeitig ununterbrochen auf mein Handy schaue, kommt tatsächlich eine Nachricht. Nicht vom Journalisten. Von Herrn Sommer:

Betreff: Da staunst Du, was?

Mein lieber Junge,

so schnell hättest Du sicher keine Antwort erwartet. Ich komme erstaunlich gut zurecht mit diesem Internet, bin selbst etwas überrascht.
Zunächst einmal gratuliere ich Dir zu Deinen jüngsten Erfolgen. Ich bin sehr stolz auf Dich, und Du solltest es auch sein. In einem solchen Geschäft zu bestehen, das erfordert sehr viel. Viel mehr als Talent, Mut und Willen, und von all dem hast Du schon sehr viel. Aber es braucht auch Weitsicht und Klarheit, einen strengen Blick auf alles und jeden, der Dir sagt, wie gut Du bist. Du sollst es genießen, mein Junge, versteh mich bitte nicht falsch. Auch wünschte ich, ich könnte bald wieder dabei sein, wenn Du auftrittst und Deine Lieder singst. Nur solltest Du achtgeben auf Dich. Versuche herauszufinden, was wirklich gut ist für Dich, und hinterfrage die, die meinen, das schon zu wissen und Dir immer wieder vorhalten zu müssen.
Eines rate ich Dir noch, mein Junge, auch wenn ich weiß, dass Du es nicht gerne hörst. Denk auch an Dei-

nen Vater. Er bewundert ganz sicher, was Du gerade schaffst. Seine Liebe ist Deine, glaub mir, ich sage das nicht nur so.

Alles Liebe von Deinem alten Emil
Herr Sommer

Der Typ ist immer noch nicht da. Also schreibe schnell zurück:

Lieber Herr Sommer,

nur kurz, weil ich gleich ein Interview geben muss. Ich pass auf mich auf, und die vom Label auch. Die sind in Ordnung. Nicht richtig cool, aber okay, keine Sorge. Meld mich ganz bald. Auch mit Albumdetails. Geht gerade voll ab.

Viel Spaß im Internet
Jussi

Ich klicke auf senden, stecke das Handy weg. Als ich wieder hochsehe, steht ein schlaksiger Typ vor mir, Anfang bis Mitte zwanzig, hohe Stirn, lange, nach hinten gegelte rotblonde Haare, flaumiger Vollbart. Sein blau-grün kariertes Hemd trägt er bis zum Kragen zugeknöpft. Es steckt in einer grauen Röhrenjeans, die wiederum in braunen Lederstiefeln steckt. Er stellt sich als Andreas vor, Andreas von der *Like,* einem überhippen Magazin für Popkultur, sehr angesehen auf dem Markt, zumindest dem der überhippen Popkulturmagazine.

Andreas setzt sich. Er vermeidet es, freundlich zu sein. Freundlich sein findet Andreas uncool, denke ich, viel zu gefühlig, so ein netter Gesichtsausdruck. Lächeln? Pah! Da steht Andreas doch drüber.

»Erscheint dann im Heft als Q&A, so weit bereit?«, fragt Andreas, und es klingt wie eine Warnung.

»So weit alles gut.«

»Dann fangen wir mal an.«

Andreas legt sein Smartphone auf den marmorierten Cafétisch zwischen uns und drückt die Aufnahmetaste.

»Erinnerst du dich an dein erstes selbst gekauftes Album?«

»Auf jeden Fall: *Geld oder Leben!*«

Andreas sieht mich fragend an.

»EAV«, helfe ich ihm.

»Erste Allgemeine Verunsicherung?«

»Genau.«

»Du hast EAV gehört?«

»Hatte fast alles von denen.«

»Interessant.«

»Am besten fand ich *Neppomuk's Rache*. Das mit dem Pups-Song.«

»Pups-Song?«

»*Einer geht um die Welt*. Kennst du nicht?«

»Nein.«

»Fand ich irgendwie gut. Hab ich immer mitgesungen.«

»Und wann hast du angefangen, dich für ernsthafte Musik zu interessieren?« Andreas verzieht keine Miene, als er das sagt. Auch nicht, als er mir die nächste Frage stellt: »Warst du auch schon früh ein Fan von Schnulzen?«

»Schnulzen?«

»Ist ja anscheinend bis heute so.«

»Was meinst du?«

»Jussi, siehst du dich als moderner Schmusesänger? Heintje 2.0?«

»Was?«

Ruhig bleiben, denke ich, immer ruhig bleiben. Martin hat recht, denke ich, wenn er sagt, ruhig bleiben sei das A und O in Interviews. Ruhig bleiben sei Interviewregel Nummer 1, meint Martin, und dass ich alles tun müsse, um sie nicht zu brechen. Das gelte natürlich auch für Interviewregel Nummer 2: Wenn ich Regel Nummer 1 doch brechen sollte, zumindest Schimpfwörter vermeiden.

»Anders gefragt: Deine erste Platte kenne ich jetzt. Wer war dein erstes musikalisches Vorbild?«

»Weiß nicht. Vielleicht …«, fange ich an zu überlegen, denn diese Antwort will überlegt sein, denke ich, der Typ wartet nur darauf, mir einen Strick daraus zu drehen.

»Einer der ersten«, sage ich, »war Noel Gallagher. Ich war großer Oasis-Fan.«

»Oasis!?«

»Ja.«

»Krass.«

»Wieso?«

»Hätte ich nicht gedacht.«

»Warum nicht?«

»Hätte nicht gedacht, dass Stadion-Rock'n'Roll deins ist.«

»Was hast du denn gedacht, was meins ist?«

»Mehr so …«, der Typ legt einen Zeigerfinger auf die Lippen und sieht hoch in den wolkenlosen Bremer Mittagshimmel, ein fast grelles helles Blau, durch das feine schwarze Linien für die Straßenbahnen fließen, »… mehr so …«, fährt der Typ fort, »… mehr so Maroon 5, hätte ich getippt.«

Gut gekontert, denke ich, wirklich gut. Aber nicht gut genug. Nicht für mich.

»Warum nicht gleich die Backstreet Boys?«, sage ich.

»So weit wäre ich nicht gegangen.«

Der Typ regt mich auf, in mir brodelt es, und ich muss mich ziemlich zusammenreißen, um Interviewregel Nummer 1 zumindest äußerlich nicht zu brechen.

»Und wie war's mit deutschen Bands oder Solokünstlern? Irgendwelche Favourites?«

»Sasha mochte ich gerne.«

»Aha!«

»Was heißt das?«

»Hatte ich mir schon gedacht.«

»Wieso?«

»Na, wegen Schnulzen und so. Sasha als Idol – das ist doch wie Arsch auf Eimer.«

»Selber Arsch auf Eimer.«

Super, denke ich, ganz toll, Jussi, gleich beide Regeln auf einmal gebrochen, muss man auch erstmal schaffen, Respekt, und eine dritte Regel gibt es gar nicht, die mir jetzt noch helfen könnte, zumindest wüsste ich nichts davon, Martin hat nichts gesagt.

»Kleiner Spaß«, sage ich und sehe den irritiert wirkenden Typen wohlwollend an, »ich mach nur Spaß.«

»Aha«, sagt der Typ und blickt vor sich aufs Smartphone, wohl um die Zeit zu kontrollieren, denke ich, oder nur um zu prüfen, wann das hier vorbei ist.

»Und wolltest du dann so sein, wie der?«

»Wie Sasha?«

»Ja.«

»Nein. Ich mochte den nur. Ich mochte seine Texte und seine Stimme, der war irgendwie anders.«

»Aber das wolltest du schon sein: anders?«

»Ja … keine Ahnung … vielleicht.«

»Wann und warum hast du denn angefangen, eigene Songs zu schreiben?«

»Das war so mit zwölf, glaube ich. Weil ich ein Mädchen in meiner Klasse beeindrucken wollte.«

»Wie sweet!«

»Hat aber nicht geklappt.«

»Aber du hast trotzdem weitergeschrieben.«

»Ja, und irgendwann habe ich mich dazu ans Klavier gesetzt. Klavierspielen habe ich schon mit sechs angefangen. Mit zwölf, dreizehn hat mir mein Lehrer dann auch ein bisschen Harmonielehre beigebracht.«

»Und dann kam YouTube.«

»Dann kam erstmal Hella.«

»Hella?«

»Die macht die Bar im *Flamingo*, wo ich meine ersten Auftritte hatte. Sie war mit die Erste, die meine Songs cool fand.«

»Die meisten deiner Fans scheinen weiblich zu sein, wenn man sich mal auf deiner Facebook-Seite umsieht. Würdest du dich selbst als Frauenversteher bezeichnen?«

Jussi, denke ich, mach jetzt keinen Scheiß, noch mal kommst du aus der Nummer nicht so glimpflich heraus, Kritiker-Freak hin, Kritiker-Freak her, der Typ schreibt über dich, also halt dich zurück und sei nett.

»Nein«, sage ich und lache dazu gespielt beschämt, »war ich nicht, bin ich nicht und werde ich bestimmt nie sein.«

»Du bist jetzt als Support von den Boomerangs auf Deutschlandtour. Heute Abend spielst du zum ersten Mal auf einem Festival. Was erwartet die Zuschauer?«

»Ich spiele Rhodes-Piano und singe auf Deutsch über alles, was mich bewegt.«

»Kitsch?«

»Die einen sagen so, die anderen so.«

»Letzte Frage: Wo, glaubst du, bist du in fünf Jahren?«

»Hoffentlich noch auf irgendeiner Bühne und hoffentlich vor Publikum«, lächele ich mit letzter Kraft.

»Vielleicht auf Tour mit Sasha?«

»Von mir aus auch das.«

Als ich zurück zum Fluss gehe, sehe ich Hella, die gerade den Deich hochkommt. Und wie sie hochkommt. Auf ihren hohen, offenen Schuhen schwebt sie den grünen Hang entlang. Ihre Beine werden eine Linie im Sonnenlicht, das Hella jetzt im Rücken hat und das macht, dass ihr Gang noch eleganter aussieht. Ihre bunte Bluse und der kurze, dünne Rock wehen im leichten Wind. Die großen Gläser ihrer Sonnenbrille bringen etwas Divenhaftes in ihr Gesicht, und die hochstehenden, wippenden Locken krönen ihren Auftritt. Hella herrscht über den Osterdeich. Staunend sehe ich ihr zu, wie sie den grünen

Wall hinaufsteigt, und weil ich denke, dass sie mich noch nicht sieht, bleibe ich, wo ich bin, winke nicht, rufe nicht, will den Anblick genießen, solange ich kann. Ein paar Jungs und Mädchen, die auf Jacken und Decken im Gras sitzen, sehen Hella nach wie Zuschauer am Laufsteg, die Jungs sichtlich beeindruckt, die Mädchen neidisch. Kurz vergesse ich, wie angespannt es zwischen Hella und mir gerade ist. In diesem Moment sehe ich Hella nur an. Ich bin hin und weg. Ich grinse, weil ich das Bild vor mir so schön finde. Ich freue mich darüber, als wenn es das Schönste seit langem wäre. Hella macht nichts, sie geht nur, geht ganz normal, Schritt für Schritt. Aber wie sie geht und wie sie dabei aussieht, verändert für einen Augenblick alles.

»Jussi!«, ruft sie plötzlich, und ich erschrecke.

Hat sie mich die ganze Zeit hier stehen sehen? Hat sie durch die große schwarze Brille alles mitbekommen? Hat sie gemerkt, wie ich sie bestaunt habe? Langsam nimmt sie die letzte kleine Steigung und kommt auf mich zu. In ihrem Stoffbeutel klirren Flaschen, in der Hand hält sie eine brennende Zigarette.

»Na, Schnulzenjunge, wie war's mit der Presse?«

19

Macht sie das wirklich? Sehe ich richtig? Tatsächlich. Als ich von den Dixi-Klos zurück zu den Bierbänken komme, sehe ich Hella, die zwischen den Boomerangs sitzt und sich gerade ihr T-Shirt auszieht. Darunter trägt Hella ein knappes, schwarz-weiß gestreiftes Bikinioberteil, das an Hals und Rücken mit Schleifen zusammengehalten wird. Vielmehr geht nicht, um den Boomerangs seine Anerkennung zu zeigen, denke ich, zu zeigen, dass es ganz wunderbar ist, bei ihnen zu sein. Dass man ihre Nähe genießt. Hella gibt wirklich alles. Und sie kriegt auch was zurück. Die Jungs, die schon den ganzen Nachmittag nahezu buchstäblich an Hellas Rockzipfel hingen, umgarnen sie, wie sie nur können. Hellas Cocktailglas scheint unter ständiger Beobachtung zu stehen, denn sobald es leer ist, greifen gleich mehrere Boomerangs-Hände danach. Hat Hella gerade keine Zigarette im Mund, wird ihr von links und rechts eine angeboten. Nicht zu vergessen die Frage, ob's ihr grundsätzlich gutgehe, auch das höre ich hier im Viertelstundentakt. Hella stößt bei den Boomerangs immer mehr auf Begeisterung. Weil sie es immer mehr darauf anlegt.

»Da ist er ja wieder, unser Superschwede!«, höre ich den Boomerangs-Sänger zu mir rüberrufen, und ich zwänge mir ein kurzes Grinsen heraus.

Zwischen den Boomerangs und Hella sind die Witze über meinen Namen längst zum In-Joke geworden.

»Der Schweden-Happen aus Charlottenburg«, rief der Boomerangs-Gitarrist als Erster in die Runde.

»Balladen aus Bullerbü«, kam vom Schlagzeuger gleich hinterher.

Ein großer Spaß für alle, und nur zwei der zahlreichen Einfälle, was man mit Justus und Schweden alles machen kann, von »Malmö-Liebe« statt »Mitte-Liebe« über »Elch Test Dummies« bis Pippi-Langstrumpf-Gesängen mit einem »kunterbunten Rhodes« war so ziemlich alles dabei, was an Justus-von-Schweben-Blödelei möglich war. Ich war kein Spielverderber und lachte hier und da mit.

Doch mittlerweile nervt es nur noch, und ich verziehe mich in meinen Wohnwagen, den ich vom Veranstalter zugewiesen bekommen habe.

Ich lasse mich auf eines der beiden weichen Ledersofas im Wagen fallen, lege mich auf den Bauch, ein Arm baumelt zum Boden. Ich bin müde. Keine zwei Tage auf Tour und ich bin kaputt, denke ich, das kann doch nicht sein, das darf nicht sein, und ich bemühe mich, mir einzureden, dass es letztlich gar nicht so ist. Auch als ich nach wenigen Minuten wieder aufstehe, ein Bier aus der Kiste neben dem Sofa ziehe und mich im Spiegel betrachte, die kleinen, roten Augen, die Ränder darunter, der schlaffe Mund, versuche ich mir zu sagen, dass alles in Ordnung ist. Dass ich fit bin. Dass es immer weitergeht. Ich öffne das Bier, nehme mir dazu ein Stück Wassermelone vom Obstteller, der auf dem Tisch unter dem Spiegel liegt. Ein paar hellrote Tropfen landen auf meinem weißen Hemd, und als ich mir schnell eine Serviette nehme, um die Flecken, so weit es möglich ist, zu entfernen, stoße ich das Bier auf dem Tisch vor dem Schminkspiegel um. Ich atme tief durch, wische alles weg, ärgere mich noch einmal über mein dreckiges Hemd, gehe raus und zurück zu den anderen, deren Lachen schon wieder lauter wird, als ich den ersten Schritt aus dem Wohnwagen mache.

»Biertrinken, Superschwede, jetzt aber fix, gleich geht's los!«, ruft der Boomerangs-Sänger über den gesamten Backstagebereich zu mir rüber.

Zwischen seinen Worten ploppt es einmal laut auf. Wieder grinse ich bemüht zum Sänger rüber. Mein Auftritt ist in einer halben Stunde, und beim Gedanken daran, dass im großen Zelt noch mehr Menschen vor mir stehen werden als gestern im *Hafen,* ist mir nicht ganz wohl, ich bin leicht angespannt. Ungefähr zweitausend würden kommen, meinte der Boomerangs-Sänger und nannte das Festivalzelt dabei nur ein »Mini-Venue«, womit er mir die Größe der Boomerangs und meine sehr deutlich machte.

»Die Mädels werden dich lieben«, sagt der Boomerangs-Sänger, als ich mich an den Tisch setze, »glaub mir, die stehen voll auf so Schnulzenzeug, die gehen da voll drauf ab.«

»Schauen wir mal«, sage ich, ohne auf das Schnulzenzeug einzugehen, bringt ja doch nichts, denke ich, schon gar nicht jetzt und hier und vor Hella und der versammelten Boomerangs-Mannschaft.

»Echt mal«, redet der Boomerangs-Sänger weiter, »dieses Nur-Klavier-und-Gesang-Ding ist mädelsmäßig der Hammer.«

»Mädelsmäßig?«, frage ich, auch wenn mir schon klar ist, was der Ober-Boomerang meint. Ich will nur mal sehen, ob er das auch vor Hella erklärt. Wenn er das tut, denke ich, was ich ihm durchaus zutraue, hat Hella vielleicht endlich ein anderes Bild von ihm, bestenfalls von der ganzen Band.

»Na, du weißt schon, hier ein Autogramm, da ein Foto, da eine Umarmung, da schon ein bisschen mehr, das geht doch superfix bei denen, wenn die erstmal auf einen stehen, und die stehen voll auf dich, megamäßig stehen die auf dich.«

»Ich glaube, die stehen nur auf dich«, sage ich und hoffe, meinem Gegenüber damit zumindest einen kurzen unangenehmen Moment zu verpassen, aber der Boomerangs-Sänger bleibt ganz er selbst, grinst ein breites Grinsen und lässt zwischen den Lippen seine Zunge aufblitzen, lässt sie zwischen Ober- und Unterlippe tanzen und leckt danach einmal durch die Luft, was seine Bandkollegen mit lauten Anfeuerungsrufen belohnen. Ich sehe rüber zu Hella, und wieder kann ich es kaum glauben. Hella macht mit. Sie hält ihr Glas hoch, prostet dem Boomerangs-Sänger zu und stimmt in die »Hey-hey-hey«-Rufe ein. Ein bisschen schockt mich das, dann aber auch wieder nicht, irgendwie habe ich so was geahnt, so was in dieser Art. Dass Hella so drauf sein könnte, wenn es schlecht laufen würde, und jetzt läuft es schlecht, richtig schlecht, geht es überhaupt schlechter als jetzt, frage ich mich, als ich Hella sehe, wie sie sich jubelnd erhebt, die Hände zu Fäusten geballt, die sie zum Takt der Anfeuerungsrufe an gestreckten Armen nach oben reißt. Wie sie über die miese Art des Ober-Boomerangs lacht.

Wie sie sich mitreißen lässt von der Euphorie der Bösen, denn das sind die Boomerangs spätestens jetzt für mich, nichts als böse. Die Boomerangs, so viel steht fest, können diesen Abend sprengen. Sie können es, vielleicht ohne es zu wollen. Sie sind eben so. Sie merken nicht, wie lächerlich das alles ist. Wie überheblich und dumm. Sie merken nur, dass sie Erfolg haben. Alles, was sie im Moment anfassen, geht gut. Das hat Martin mit Karriere-Peak gemeint, denke ich, die Zeit, in der alles, aber auch alles gelingt. In der CDs und Downloads weggehen wie nie zuvor und wahrscheinlich nie wieder und in denen Konzerte schon vor der Plakatierung ausverkauft sind. In der die Partys endlos sind. In der die Mädchen Schlange stehen und nach der Show jederzeit mit aufs Zimmer kommen, wenn man es denn will. Wenn man so leben will. Und die Boomerangs wollen es, mit allem, was dazugehört. Karriere-Peak steht ihnen geradezu auf die Stirn tätowiert, und die Leute lieben es, meint Martin, wenn jemand nach Erfolg aussieht. Wenn er fast danach riecht.

Hella, glaube ich, bemerkt mich gar nicht mehr. Es scheint, als habe sie mich in ihrer Feierlaune einfach vergessen. Ich versuche erst gar nicht, sie wachzurütteln und aus dem für mich sinnlosen Trara der Boomerangs zu ziehen. Ich mache mich nur lächerlich, denke ich, wenn ich Hella jetzt bitte, mit mir zu kommen, irgendwohin, wo man die Boomerangs nicht mehr hört. Vielleicht würde sie es nicht einmal merken, wenn ich sie rufe. Also gehe ich alleine, zuerst zurück in den Wohnwagen, nehme mir ein frisches Bier, und dann an den beiden Ordnern vor der Plastikplane am Eingang des

Backstagebereichs vorbei und aufs Festivalgelände. Das ist mittlerweile stark belaufen, überall sind junge und alte Menschen, viele Kinder auch, und suchen nach etwas, das ihnen gefällt. Ich gehe ein Stück weit über das Grün, auf das auch jetzt am frühen Abend noch die pralle Sonne fällt. Das Bier benebelt mich in der Hitze, das finde ich angenehm, gerade jetzt, da ich hier draußen endlich durchatmen will. Ich gehe vorbei an den Ständen, Stehtischen und bunten, schlaff an den Masten herabhängenden Fahnen, es ist nahezu windstill und dadurch noch wärmer. Über mir kreisen und keifen Möwen. An den großen, bewachsenen Steinen, die bis ins Weserwasser reichen, bleibe ich stehen. Pause, denke ich und setze die Flasche für ein paar große Schlücke an. Auf der anderen Seite des Flusses ist ein kurzer Steg, an dem kleine Boote anlegen, und ich halte mir die flache Hand über die Augen, damit ich ihre Namen durch die Sonnenstrahlen lesen kann. Die Boote sind entweder weiß oder blau und mit der jeweils anderen Farbe beschriftet. Auf einem steht *FRIEDEN,* auf einem anderen *TREUE,* mehr Bootsnamen kann ich von hier nicht erkennen, aber irgendwie freue ich mich, dass ein Boot *TREUE* heißt, und male mir Geschichten zur Namensgebung aus. Von jungen, Hals über Kopf verliebten Menschen, die für immer zusammen sein wollten und das Boot als Versprechen benutzten. Von einem Heiratsantrag, der mit Hilfe der *TREUE* gemacht wurde. Von einem alten Paar, das hier jeden Sommer eine Fahrt auf ihrer *TREUE* unternimmt. Und dann denke ich mir, dass das *TREUE*-Boot vielleicht schon seit Jahren dort liegt, und niemand fährt mehr darauf, es ist nur noch ein ungepflegtes Stück schöner Geschichte. Nur der Fluss, der es trägt, bleibt für immer.

Ich krame mein Handy aus der Hosentasche. Keine Anrufe von zu Hause. Überhaupt: keine Anrufe. Nur eine neue Nachricht. Von Martin. *Ruf mich sofort an*, schreibt er, und obwohl ich kein Fan von solchen Nachrichten bin, tue ich Martin den Gefallen. Ich rufe an.

Er meldet sich lautstark: »Das kannst du doch nicht machen, das geht nicht, das geht gar nicht!«

»Hallo Martin«, sage ich, so ruhig und freundlich ich kann.

»Dein Hallo kannst du dir sonst wo hinschieben, ich hab gerade mit dem *Like*-Typen telefoniert, wegen der Interviewfreigabe.«

»Und?«

»Und? Ich hab dem gesagt, dass die das so nicht bringen können, auf gar keinen Fall!«

»Was hat der denn geschrieben?«

»Also, erstens: *Meine erste Lieblingsband war die Erste Allgemeine Verunsicherung. Mein erstes Lieblingslied: ›Einer geht um die Welt‹.*«

»Habe ich so nicht gesagt, aber ja, kann man so lassen.«

»EAV? ›Einer geht um die Welt‹?«

»Ja.«

»Im Ernst?«

»Ja.«

Martin macht eine kurze Pause. »Gut«, sagt er schließlich, »aber dann hier: *Kitsch ist meine schärfste Waffe.* Das kommt doch nicht von dir.«

»Das stimmt allerdings.«

»Hab ich dem auch gesagt. Das hat Jussi so nie gesagt, habe ich dem gesagt. Und weißt du, was er gesagt hat?«

»Was?«

»Er hat gesagt: Wenn Sie wüssten, was er *noch* so alles gesagt hat!«

»Würde mich jetzt auch interessieren.«

»Arsch!«, ruft Martin.

»Hallo!?«

»Er meinte, du hättest ihn Arsch genannt.«

»Äh …«

»Jussi, das hast du nicht gesagt, oder? Sag mir bitte, dass du das nicht gesagt hast.«

»Na ja …«

»Mann, Mann, Mann! Jussi! Interviewregel Nummer 2! So bescheuert kann doch keiner sein!«

»Sorry.«

»Mein lieber Scholli!«

»Der hat aber angefangen.«

»Was?«

»Der hat mich provoziert.«

»Ruhe jetzt! Hier, weiter: *Heute habe ich nur noch ein Vorbild: Sasha. Eines Tages will ich so sein wie er.*«

»Das ist Quatsch.«

»Das weiß ich, dass das Quatsch ist, aber Arsch ist auch Quatsch, aber gesagt hast du's trotzdem.«

»Das mit Sasha aber nicht.«

»Ich weiß nicht, ob ich dir das glauben soll.«

»Sollst du.«

»Ja, ja, ja, was ich alles soll. Sei froh, dass ich mich so für dich einsetze!«

»Bin ich auch Martin, bin ich auch.« Ich nehme zwei Schlücke Bier.

»Bist du schon wieder am Saufen?«

»Nur Cola, Martin.«

»Genau, weil du so'n Cola-Typ bist, oder was? Und sag mal ... warte mal ... sind das Möwen da im Hintergrund? Wo bist du überhaupt?«

»Bremen. Festival.«

»Ach ja.«

»Was ist denn jetzt mit dem *Like*-Typen?«

»Wollte ich doch gerade sagen. Also, das Ding ist, ich hab mit dem jetzt einen Deal gemacht.«

»Was für einen Deal?«

»Na ja, einen Deal eben. Der darf das mit Sasha schreiben, dafür kriegst du eine gute Kritik, und er vergisst das mit dem Arsch.«

»Nicht dein Ernst.«

»Fand ich fair.«

»Fair geht anders, und wieso rufst du mich eigentlich nicht mal an, bevor du so einen Scheiß mit dem abmachst?«

»Wollte dich damit nicht nerven, du bist doch immer so im Stress.«

»Das ist so gut von dir, Martin, echt, wenn ich dich nicht hätte.«

»Da sagst du was.«

»Also steht nächsten Monat in der *Like,* dass ich so sein will wie Sasha, oder was?«

»Ja. Und das mit dem Kitsch.«

»Das hast du auch dringelassen?«

»Ging nicht anders, Deal ist Deal.«

»Ein Scheißdeal ist das, Martin.«

»Ein Glück, dass wir das noch so hinbiegen konnten.«

»Du hast das so hingebogen, du allein, ich hab überhaupt nichts gemacht.«

»Jussi, noch mal: Interviewregel Nummer 1 …«

»Der hat mich provoziert!«

»Hast du schon mal gesagt, das macht's nicht besser.«

»Du hättest das genauso gemacht. Wahrscheinlich hättest du dem noch ganz andere Sachen gesagt.«

»Hätte ich nicht.«

»Wetten doch?«

»Wetten nicht? Und weißt du auch, warum nicht?«

»Na?«

»Weil ich auch Interviewregel Nummer 2 kenne. Im Gegensatz zu dir.«

»Ich kenne die auch.«

»Hältst dich aber nicht dran.«

»Martin, das führt hier zu nichts. In der *Like* steht nächsten Monat, dass ich Mr. Kitsch bin und dass es mein größter Wunsch ist, irgendwann wie Sasha zu sein. Das ist scheiße, klar, aber das können wir jetzt auch nicht mehr ändern, oder?«

»Nein.«

»Also.«

Ich höre das Klicken eines Feuerzeugs, und Martin atmet lange aus.

»Ich meld mich wieder«, sagt er, »viel Erfolg heute Abend, und sei nett zu den Boomerangs, die brauchen wir noch«, dann höre ich nur noch den Piepton. Martin hat aufgelegt.

Langsam stecke ich das Handy wieder in die Hosentasche, trinke noch einen Schluck und sehe rüber zu den Booten. Ein bisschen *FRIEDEN,* denke und summe ich innerlich mit, und ich muss mir große Mühe geben, die Melodie vor dem Auftritt wieder aus dem Kopf zu kriegen.

20

Geht's euch gut?«

Ich hätte nicht gedacht, dass ich so etwas einmal sagen würde. Dass ich es sogar rufen würde. Aber jetzt sitze ich auf der Bühne im großen Zelt und schreie es fast ins Mikrofon. Ich passe mich der Masse an, gebe alles, und das schon, bevor ich das erste Lied beginne. Ich will es zumindest probieren, die Leute bei Laune zu halten, sie irgendwie auf meine Seite zu kriegen, und zumindest in diesem Moment schaffe ich es, gut zweitausend gehen mit meinen Ansagen mit, die für mich selbst befremdlich sind, zu oft habe ich sie von anderen Sängern gehört, und jedes Mal fand ich sie belanglos und stumpf.

»Ich kann euch nicht hören!«, rufe ich noch mal ins Mikro. »Geht's euch gut?«.

Ein breites, nachhallendes »Jaaah!« füllt das Zelt.

»Habt ihr Bock auf die Boomerangs?«

Das »Jaaah!« wird länger und lauter. Das hat Martin mir aufgetragen. »Einschleimen!«, hat er gesagt. »Scheißegal, was du dafür tun musst, du musst dich einschleimen, dann wird das auch was, immer die Main-Acts nennen, wegen denen sind die Leute schließlich da, nicht wegen dir, also verbünde dich mit den Main-Acts oder tu zumindest so, dann klappt das schon, sollst mal sehen.« Und natürlich hatte Martin recht. Wenn ich den

Namen der Band, deren Support ich erneut bin, auch nur ungern in den Mund nehme: Sobald ich ihn hier oben und ins Mikro sage, sind die Leute ganz bei mir.

»Das ist gut«, rufe ich, »ich hab auch Bock auf die Boomerangs, und vorher hab ich noch was für euch. Ein bisschen was fürs Herz.«

Der Zweitausenderchor meint es weiter gut mit mir, jubelt und klatscht.

»Mein erster Song handelt davon, wie es ist, wenn man mal jemanden braucht, der einen auffängt. Es geht um Freundschaft. Der Song heißt ›Anleger‹.«

Nach meiner Ansage wird es zunehmend ruhiger im Zelt. Die Leute sind gespannt, das spüre ich, sie wollen wissen, was auf die großen Worte folgt. Was dahintersteckt. Ob ich wirklich was kann. Aber sie machen auch nach wie vor einen entspannten, wohlwollenden Eindruck. Ich sehe in die Gesichter direkt vor der Bühne. In das einer jungen Frau, die lächelt und irgendwie gerührt aussieht. Und in das von ihrer Freundin neben ihr, zumindest sieht es so aus, als wären sie Freundinnen, denn die Lächelnde legt jetzt einen Arm um die andere.

Anleger

Strophe 1:
Alles ist dunkel
Alles ist still
Du stehst am Fenster
Woher kommt dieses Gefühl
Wie lange bleibt es
Ist dir jetzt schon zu viel

Die Straßen verlassen
Verlassen auch du
Eisige Kälte
Kommt von draußen rein
Drückt tief in dein Herz
Drückt immer tiefer
Die Nacht wird nicht einfach
Die Nacht wird lang
Wer ist da jetzt noch
Wenn du nicht schlafen kannst

Chorus:
Du kannst zu mir kommen
Kannst mir alles erzählen
Kannst mit deinen Sorgen
Bei mir anlegen
Lass uns was trinken
Lass uns drüber reden
Leg einfach an
Ich bin immer da

Strophe 2:
Alles dreht sich
Alles gegen dich
Der lange Kampf
Denkst du, ist deine Pflicht
Denkst nur noch ans Durchkommen
Irgendwann, irgendwie
Irgendwo hoffst du
Gibt es Rettung
Ein nahes Ufer

Ein wenig Wärme
Das wäre so gut
Wenn das nur irgendwann käme
Lautlos, trostlos
Gehst du in die Nacht
Wo ist der Weg bloß
Wer ist noch wach

Chorus:
Du kannst zu mir kommen
Kannst mir alles erzählen
Kannst mit deinen Sorgen
Bei mir anlegen
Lass uns was trinken
Lass uns drüber reden
Leg einfach an
Ich bin immer da

Bridge:
Werd immer da sein
Werd niemals fehlen
Wenn du zu mir kommst
Du wirst schon sehen
Kommen wir durch die Nacht
Weil wir gemeinsam gehen

Chorus 2x:
Du kannst zu mir kommen
Kannst mir alles erzählen
Kannst mit deinen Sorgen
Bei mir anlegen

Lass uns was trinken
Lass uns drüber reden
Leg einfach an
Ich bin immer da

Applaus, extralang, extralaut. Betäubend schön. Ein Rausch.

Ich nicke ins Publikum, sage immer wieder »danke« ins Mikro, sehe rüber zum Mischer, der den Daumen hochhält und auch nickt und grinst. Hier, unter dem gelb-rot gestreiften Zeltdach, mit zweitausend Boomerangs-Fans, verliere ich in meiner Euphorie meine Sorgen. Jetzt und hier erscheint alles so leicht, dass ich nur noch zufrieden bin.

Langsam setze ich die Finger zurück auf die Tasten, spiele leise, angenehme Dur-Akkorde, einfach so, auch das habe ich zuvor noch nicht gemacht. Ich beginne das nächste Lied schon vor dem Lied mit einem kleinen Zwischenspiel, und zur Musik spreche ich ins Mikro, was als Nächstes kommt. »Ich war mal verliebt in ein Mädchen, sehr sogar, schlimm war das damals, weil das Mädchen nicht in mich verliebt war.«

Einige im Publikum lachen, ermuntern mich, weiterzuerzählen.

»Dieses Mädchen kam wie ich aus Berlin, aber nicht aus irgendeinem Teil von Berlin, dieses Mädchen kam aus Berlin-Mitte. Da, wo die coolen Leute wohnen oder zumindest die, die glauben, cool zu sein. Dieses Mädchen aber war wirklich cool, irgendwie echt, nur für mich leider unerreichbar weit weg. Sie war meine ›Mitte-Liebe‹.«

Als ich kurz vor den ersten Akkorden des Songs zum seitlichen Bühnenrand sehe, sehe ich Hella. Und Hella ist nicht allein. Eng umschlungen steht sie da mit dem Ober-Boomerang, der Hella von hinten umarmt. Hella sieht nicht einmal zur Bühne. Sie sieht mich gar nicht an, hört mich vielleicht nicht einmal, steht da gar nicht wegen mir, hat mit mir überhaupt nichts mehr zu tun. Sie ist hier wegen dem Boomerang, ein Blick genügt, um das zu erkennen, und ich habe ja schon so etwas geahnt. Nur habe ich nicht gedacht, dass es mich so sehr trifft, wenn es tatsächlich passiert. So schnell ich hier oben zu neuer, unerwarteter Stärke gekommen bin, komme ich wieder runter. Ganz runter. Und keiner von den zweitausend Menschen weiß, wie es mir wirklich geht.

21

Hella fährt. Zum ersten Mal sitzt sie auf unserer Reise am Steuer, das sie mit beiden Händen festhält. Und Hella fährt über Land. Autobahnen seien nichts für sie, hat sie gesagt, viel zu hektisch und überhaupt: »Keinen Bock auf Stress.«

Es ist Samstagmittag, am Abend müssen wir in Hamburg sein. Meine erste eigene Show. Bis Hamburg brauchen wir noch eine gute Stunde. Ich lehne mich zurück, rutsche tief in den Sitz. Sehe durch das halb heruntergekurbelte Beifahrerfenster. Felder und Wiesen fliegen vorbei. Goldgelbe Strohballen liegen übers Land verteilt. Hinter Weidenzäunen bewegen sich Kühe in Zeitlupe im Gras. Vögel sitzen auf scheinbar endlosen Stromleitungen über uns. Kindheitsbilder kommen hoch. Von langen Autofahrten mit Mama und Vater. Jeden Sommer fuhren wir an die Nordsee, und in Niedersachsen fuhren wir wie jetzt übers Land. Ich saß hinten und hielt meine Hände hinter Mamas Kopflehne, weil ich es mochte, wenn ihre im Fahrtwind wehenden langen, blonden Haare sie berührten. Vater sprach während diesen Fahrten kaum ein Wort. Wenn ich ihn etwas fragte, sah er nur rüber zu Mama, und die antwortete. Wenn Vater fuhr, fuhr er nur, hatte keinen Kopf oder keine Lust für eine Unterhaltung. Dafür unterhielt sich Mama mit mir, und manchmal streckte sie auch einfach nur ihren Arm nach hinten und reichte mir frisch geschnittene Apfelstücke und Weintrauben. Im Rückspiegel trafen sich unsere Blicke, und Mama lächelte, wenn sie sah, dass es mir schmeckte.

Ich fragte nie, wie lange wir noch fahren mussten. Weil ich nichts dagegen hatte, für immer so weiterzufahren. Auch wenn Vater sich raushielt: Auf dem Weg zum Meer waren wir als Familie am besten. Am friedlichsten. Wären wir jeden Sommer einfach im Auto geblieben, davon war ich als Kind überzeugt, hätte uns nichts, aber auch gar nichts passieren können.

Hella löst eine Hand vom Lenkrad und sucht nach einem Radiosender, der ihr gefällt, hastig dreht sie das kleine schwarze Rädchen von links nach rechts und zurück, und es ertönen Songfetzen, alte und neue Hits, die ich sofort erkenne, und dazwischen lautes Rauschen.

»Ich mach schon«, sage ich.

Hella zieht ihre Hand weg, fast hätte sie meine berührt. Langsam drehe ich am Rädchen, und schon beim zweiten Sender werde ich fündig, der gealterte Johnny Cash singt Simon and Garfunkels »Bridge Over Troubled Water«.

Eine Weile hören wir ihm einfach nur zu, und ich schließe die Augen, bis Hella sich wieder meldet und meint: »Das geht echt gar nicht, mach das mal weg, das macht einen ja völlig fertig.«

Ich sehe Hella von der Seite an. So lange, bis ich glaube, dass sie auf meinen Blick reagieren muss. Aber sie reagiert nicht. Sie sieht nur nach vorn, auf die Straße, die Hände weiter beide am Lenkrad, die Arme durchgestreckt, die nächste Blase schon platzbereit.

Plopp!

Ich entscheide mich, den Sender nicht zu wechseln. Irgendwann ist auch mal Schluss, denke ich, Hella kriegt oft genug, was sie will, langsam nervt mich das, ihre andauernde Unfreundlichkeit, ihr Ausweichen, wenn es Probleme gibt, ihre Nichtbeachtung, ihr Schweigen. Soll sie doch selbst am Rädchen drehen, denke ich, ich drehe jedenfalls nicht, ich schließe wieder die Augen, und vielleicht versuche ich mal zu schlafen, das täte jetzt gut, das wäre hundertmal besser, als Hellas Laune auszuhalten und ihr auch noch einen Gefallen zu tun, und wenn das nur hieße, einen anderen Radiosender zu suchen. Ich verschränke die Arme vor der Brust, ziehe mir mit den Füßen die Schuhe aus und drücke mich in den Sitz. Und dann das. Dann höre ich einen kurzen, dumpfen Knall. Als habe Hella mit der flachen Hand auf das kleine Radiorädchen eingeschlagen. Das Radio ist jedenfalls aus. Ich schrecke hoch, sehe Hella erneut an, dieses Mal länger als vorhin, und jetzt geht Hella darauf ein.

»Was?«, fragt sie nur.

»Wie, was? Du haust hier das Radio kaputt und fragst nur was?«

»Ich hau hier überhaupt nichts kaputt.«

»Stimmt, weiß auch gar nicht, wie ich darauf komme, vielleicht wegen dem Knall, aber war bestimmt nichts, hast schon recht, alles gut, sorry«, sage ich immer gereizter.

»Was ist denn los?«

Plopp!

»Ey, Hella, ohne Scheiß: Du fragst mich, was los ist? Das ist doch nicht dein Ernst! Ständig hast du eine

Scheißlaune, nie kann man's dir recht machen, und am Ende bin ich immer der Arsch, und du fragst mich, was los ist? Komm mal klar, echt, komm einfach mal klar und hör auf mit dem Scheißgeploppe, das macht mich langsam wahnsinnig!«

Das war deutlich, denke ich, da erstmal Stille im Kombi herrscht. Deutlich und gut, zumindest fühlt es sich so an. Als wäre ich endlich losgeworden, was sich seit Tagen, ja schon seit Wochen angestaut hat. Als hätte ich mich endlich entladen. Ein Stück weit befreit. Ich fühle mich tatsächlich freier, nachdem ich Hella so angefahren habe, wenn ich mich auch frage, ob ich zu hart zu ihr war. Kann schon sein, denke ich, aber egal, raus ist raus, und raus ist in diesem Fall eben auch gut, Hella und mir kann das nur helfen, was die nächsten Tage angeht. Und Hella scheint tatsächlich darüber nachzudenken, was ich gesagt habe. Oft beendet sie einen Konflikt nicht mit Schweigen, sondern offensiv und energisch und hat selbst das letzte Wort. Nun aber sitzt sie da, fährt die Landstraßen entlang und sagt nichts. Kein Wort. Kein Plopp. Und ich sage auch nichts mehr. Ich lasse Hella erstmal in Ruhe. Reicht erstmal mit Meckern, denke ich, auch die Sache mit dem Boomerang spare ich mir, wenn sie mich auch nach wie vor kränkt, aber ich sage besser nichts. Erneut schließe ich die Augen, die Lider liegen jetzt etwas schwerer, angenehm schwer. Bald denke ich nichts mehr. Schlafe ein.

Ich spüre mein Bein, einen leichten Druck. Mein Handy, das in der Hosentasche vibriert, weckt mich auf. Mit halbgeöffneten Augen ziehe ich es aus der Jeans, blicke aufs blinkende Display. *Zu Hause*. Ich sehe nach vorne. Immer noch ein langer, grauer Balken, auf dem wir uns an den grünen, gelben und braunen Bildern vorbeibewegen.

»Wie spät ist es?«, frage ich Hella.

»Gleich sechs, sind fast da.«

Ich sehe noch mal aufs Handy. Überlege. Dann gehe ich ran.

»Jussi, ich habe leider keine guten Nachrichten«, höre ich Frau Wehmann schon sagen, noch bevor ich mich melden kann.

»Ist was passiert?«

»Dein Vater, er ist ...«

Weiter spricht Frau Wehmann nicht. Ich höre sie weinen und dass sie den Hörer kurz zur Seite hält und sich die Nase schnaubt.

»Frau Wehmann?«

»Entschuldige, es ist ... dein Vater ... gestern Nacht ... er ist ...«

»Was ist los? Was ist passiert?«

»Es geht ihm schon etwas besser, er ist im Krankenhaus.«

»Im Krankenhaus?«

»Er hatte einen Unfall, Jussi.«

Als Frau Wehmann das sagt, packt mich die Angst.

»Scheiße«, fällt mir so schnell nur ein.

»Es war hier um die Ecke, kurz vor der Hauptstraße. Er hat nur einmal nicht nach rechts gesehen.«

»Er hatte Schuld?«

»Na ja, du weißt ja, dein Vater hat in letzter Zeit sehr viel getrunken, das ist auch nicht besser geworden, im

Gegenteil.« Frau Wehmann putzt sich erneut die Nase. »Er selbst hat nicht viel abbekommen, leichte Prellungen, das war's eigentlich.«

»Und der andere?«

»Es war eine Familie.«

»Nein.«

»Ein junges Paar mit Baby. Die Mutter saß auf dem Beifahrersitz. Genaues können sie noch nicht sagen.«

»Was meinen Sie mit ›Genaues‹?«

»Es ist so, Jussi, der Aufprall war sehr stark.«

»Was heißt das denn?«

»Sie wissen nicht, ob sie es schafft.«

Pause.

»Ich weiß, Jussi, du hast gerade so viel zu tun, und normalerweise würde ich auch nicht fragen, aber in diesem Fall ...«

»Ich komme.«

22

Kommen wir gleich zur Sache«, sagt Vater in seiner gewohnt dominanten Art.
Wir sitzen draußen vor der Villa, Frau Wehmann und ich haben die alten Gartenmöbel vom Dachboden geholt, weiße Holzstühle, ein passender Tisch, ein zartrosafarbener Sonnenschirm, dessen lange Eisenstange durch ein Loch in der Mitte des Tischs bis in die Erde führt. Im Schatten gibt es Kuchen, Espressi und Wasser.

Vaters Ansage gleich zu Beginn unseres Gesprächs, um das er an diesem Sonntagnachmittag ausdrücklich gebeten hat, bereitet mir Sorgen. Das klingt überhaupt nicht nach dem, wie Vater in den vergangenen Tagen und Nächten im Krankenhaus war. Nach dem Unfall stand er unter Schock. Frau Wehmann und ich saßen abwechselnd bei ihm, immer an seinem Bett. Schliefen sogar im Nebenzimmer, das uns die Schwestern hergerichtet hatten. Und Vater war dankbar dafür, hat mehrfach gesagt, wie froh er sei, dass wir da sind. Wie froh er sei, dass es uns gibt. Sonst haben wir nicht viel geredet, und ich dachte, dass wir endlich auf einem guten Weg sind.

Ganz anders jetzt, da Vater schon wieder so ist, wie er vor dem Unfall war, jedenfalls scheint er wieder ganz der Alte zu sein. Und dann überrascht er mich doch.

Plötzlich gar nicht mehr streitlustig fährt er fort: »Ich

habe Fehler gemacht«, sagt er und: »Ich war nicht gerecht.«

»Oh«, sage ich nur, weil mir dazu erstmal nichts einfallen mag.

»Mir ist alles irgendwann entglitten, glaube ich«, sagt Vater, »ich habe es gar nicht gemerkt.«

Danach sagt er nichts mehr. Sieht mich nur an. Ich überlege, frage schließlich nach der Unfallfamilie: »Gibt es schon Neuigkeiten?«

»Ich bin so froh, Justus, ich bin so unheimlich froh. Es geht ihnen besser. Es wird wieder gut.«

»Das ist gut.«

»Ja, das ist es. Aber was ist mit uns?«

»Ich weiß nicht.«

Vater nippt an der kleinen Tasse.

»Mama fehlt mir«, sagt er und überrascht mich schon wieder, und langsam frage ich mich, ob der Krankenhausaufenthalt wirklich einen anderen aus Vater gemacht hat. Ob das geht. Kann er sich so schnell gewandelt haben? Ich bemühe mich sehr, das trotz aller Zweifel zu glauben.

»Mir auch«, sage ich.

»Aber wir sind noch da«, sagt Vater, »wir können noch was schaffen.«

»Och nee, nicht wieder der Scheiß jetzt …«

»Nein, Justus, das meine ich nicht. Ich meine, wirklich was schaffen. Wir. Zusammen.«

»Ich werde kein Anwalt.«

»Macht doch nichts.«

»Ich werde Musiker.«

»In Ordnung.«

»Zu gütig.«

»Im Ernst, Justus, ich finde das gut. Ich mochte es schon immer, dass du deinen Weg gehst.«

»Mochtest du nicht.«

»Doch, ganz ehrlich. Ich konnte es nur nicht zeigen.«

Pause. Wir trinken beide die letzten Schlücke Espresso.

»Und jetzt?«, frage ich.

»Ich glaube, jetzt verstehe ich einiges.«

»Auf einmal!?«

»Der Unfall. Die verletzte Familie. Die Bilder, immer wieder. Im Krankenhaus wurde mir einiges klar.«

»Zum Beispiel?«

»Was ich an dir habe.«

»Was denn?«

»Einen ganz wunderbaren Sohn.«

»Ach komm!«

»Nein, ich meine das so, Justus, ich meine das wirklich genau so.«

Kurze Stille.

»Und du glaubst, das funktioniert?«, frage ich. »Du und ich?«

»Ich wünsche es mir. Und … also …«, wird Vater nun leiser, irgendwie unsicher wirkt er, so kenne ich ihn noch nicht, »ich würde so gerne wissen … also … wünschst du dir das auch?«

Wir sehen uns an, und jetzt kann ich nicht mehr anders. Ich lächele und nicke.

23

Anderthalb Wochen später

Die heißen Steine brennen unter den Füßen, ich versuche, bei jedem Schritt so kurz wie möglich aufzukommen, bis ich endlich die Wiese erreiche. Fünfunddreißig Grad hat das Thermometer am Eingang angezeigt, und es scheint, als würde sich halb Charlottenburg hier im Freibad abkühlen. Als ich den Weg zum erlösenden Grün entlanghopse, werde ich immer wieder von Kindern gestoppt, die, ohne zu gucken, Richtung Becken laufen und ihre kleinen Körper ins Chlorwasser schmeißen. Dazwischen stolzieren Jugendcliquen umher, bereit, sich einander zu präsentieren, vor allem die Jungs zeigen sportlichen Ehrgeiz, beim Fußball hinten auf der Wiese, beim Schwimmen, beim Schubsen und Ringen und beim Springen von den drei Brettern, am liebsten vom Fünf-Meter-Brett, dort ist die Jungsschlange am längsten, sie führt die gesamte silbern glänzende Treppe herab, über die Steine und bis zum Grasansatz, den ich jetzt endlich erreicht habe. Auf den vertrockneten Halmen bleibe ich stehen und halte Ausschau nach Hella und Martin. Hier sind wir verabredet. Zum Krisengespräch. Nach dem ausgefallenen Hamburg-Konzert hat Martin uns zusammengerufen und gemeint, wir müssten reden. Planen, wie es weitergeht. Wir, hat er gesagt, dürften auch den Ort bestimmen. Ich schlug das Freibad vor. Mal was anderes, sagte ich, vielleicht kommen wir da auch auf andere Gedanken, schaden könne es doch nicht. Martin willigte nach kurzem Zögern ein. Hella war es egal. Über das, was auf der Fahrt nach Hamburg passiert war, haben wir nicht mehr gesprochen. Wir haben fast gar nicht mehr gesprochen. Hella hatte Verständnis, dass ich wegen meinem Vater zurück musste, mehr aber nicht, ich schien ihr fast gleichgültig, sie vermied jedes Gespräch. Auch wie es zu Hause war, mit Vater und der jungen Mutter im Krankenhaus, hat sie nicht interessiert. Zumindest hat sie nicht danach gefragt. Hella hat sich zurückgezogen. Und ich habe sie in Ruhe gelassen.

»Jussi, hier!«, höre ich Martin rufen, und ich sehe ihn weiter hinten auf der Wiese sitzen, im Schatten einer großen Eiche.

Er sitzt im Schneidersitz auf einem Handtuch, trägt einen knappen, schwarzen Badeslip, raucht und trinkt Bier. Neben ihm liegt Hella auf einer langen wie breiten Picknickdecke in einem türkisfarbenen Bikini auf dem Rücken. An ihren Armen hängen bunte Reifen und Bändchen, ihre Augen werden von ihrer großen, schwarzen Sonnenbrille bedeckt. Sie scheint zu schlafen oder zumindest so zu tun, als ich unter die Eiche komme und Martin begrüße. Hella bewegt sich nicht. Ich setze mich vor die beiden ins Gras.

»Wie geht's deinem Vater?«, fragt Martin.

»Besser«, sage ich, »auch der Frau, wie gut, wenn man das bei so was überhaupt sagen kann, aber es fühlt sich auf jeden Fall gut an.«

»Schön, Jussi, schön.«

»Ja«, sage ich, »ist es echt.«

»Wir müssten dann mal ein paar Sachen besprechen«, sagt Martin, »auch so Generelles.«

»Alles klar.«

In diesem Moment richtet sich Hella auf. »Hallo«, sagt sie in meine Richtung.

»Hey.«

»Also«, sagt Martin, »das mit Hamburg müssen wir natürlich nachholen, da müsst ihr noch mal hin, die Leute haben ja gezahlt.«

»Machen wir«, sage ich.

»Ja«, sagt Hella.

»Gut«, sagt Martin, nimmt einen Schluck und greift hinter sich. Aus einem Jutebeutel zieht er sein Handy heraus. »Und dann Folgendes. Hier kam eine Mail, ich les das einfach mal vor: Lieber Herr Groba, sehr gerne würden wir Justus von Schweben als junges Talent für unsere *Sonntagsterrasse* buchen, der Termin wäre Sonntag, 12. September, 10 Uhr, Stagetime ca. 11.15 Uhr. Im Buchungsumfang wären enthalten: ein Song (›Wo bist du jetzt‹) und ein kurzes Gespräch mit Moderatorin Manuela Vannhauser. Bitte geben Sie mir bis kommenden Freitag Bescheid, ob wir mit einem Auftritt von Justus von Schweben rechnen können und …«

»Nein«, unterbreche ich Martin.

»Was, nein?«

»Nein, Martin, einfach nein.«

»Zur *Sonntagsterrasse*, oder was?«

»Zu was denn sonst?«

»Jedenfalls nicht zur *Sonntagsterrasse*. Das ist die Chance!«

»Mach ich nicht.«

»Wieso das denn nicht?«

»Weil das die *Sonntagsterrasse* ist, ganz einfach.«

»Da gucken Millionen zu.«

»Ja, wie ich mich zwischen irgendwelchen C-Promis und dicken Köchen zum Affen mache mit meinen Schnulzen.«

»Du bist doch selbst C-Promi, wenn überhaupt«, mischt sich Hella jetzt ein, »ehrlich, wieso gehst du da nicht hin, du passt da voll rein.«

»Was soll der Scheiß denn jetzt?«

»Stimmt doch.«

»Nein, stimmt nicht, und wer hat dich überhaupt gefragt?«

»Ich kann auch gehen.«

»Nein, kannst du nicht«, sagt Martin zu Hella, »wir brauchen dich noch.«

»Jussi anscheinend nicht.«

»Doch, Jussi auch, der merkt das nur gerade nicht, der merkt gerade einiges nicht.«

»Wir machen das mit Hamburg«, sage ich, »und ich fahre auch in jede andere Stadt, aber nicht zur *Sonntagsterrasse*, die blöde Vannhauser kann mich mal.«

»Die ist gar nicht so blöd, ich hab die mal kennengelernt, damals, als ich mit Danni Pirsch unterwegs war.«

»Du warst mit Danni Pirsch unterwegs?«, frage ich, »Danni Pirsch, die Schlagertussi aus den Neunzigern?«

»Platz 6 in den Singlecharts mit ›Einmal Wolke sieben und zurück‹, mehr brauch ich ja wohl nicht zu sagen.«

»Die beiden *Promi-Catchen*-Teilnahmen könntest du noch erwähnen.«

»Da war sie ja auch nicht schlecht.«

»Und ist die nicht auch gerade wieder auf Drogenentzug? Hab neulich so was gelesen.«

»Danni ist clean, hat sie mir selbst gesagt.«

»Dann bin ich ja beruhigt.«

»Jedenfalls, die Vannhauser ist echt 'ne Liebe, die wirst du mögen.«

»Martin, ich geh da nicht hin.«

»Wirst du hier jetzt zur Diva, oder was?«

»Schnulzen-Diva!«, sagt Hella, und zum ersten Mal seit langer Zeit sehe ich sie wieder grinsen.

»Da haben sich ja zwei gefunden«, sage ich.

»Darüber reden wir noch«, sagt Martin.

»Nein.«

»Doch. Und vorher kommt das Album.«

»Welches Album?«, frage ich.

»Deins. Müssen wir so schnell wie möglich veröffentlichen.«

»Es gibt doch noch gar kein Album.«

»Das wäre das Nächste.«

»Was?«

»Wir müssen ins Studio, und wir haben nicht viel Zeit.«

»Welches Studio?«

»*Boom Studio,* Kreuzberg.«

»Krass«, sage ich und bin plötzlich voller Vorfreude, »da haben schon coole Leute aufgenommen.«

»Danni Pirsch zum Beispiel.«

»Die war da auch?«

»Ihr Album *Sternenfängerin* ist da entstanden.«

»Dann kann ja nichts mehr schiefgehen.«

»Nächste Woche geht's los«, sagt Martin, »unser Run auf die Charts.«

»Du bist auch so'n Run, Martin«, sage ich, »aber drauf geschissen, von mir aus kann's losgehen«, und ich blicke rüber zu Hella, und die sagt: »Von mir aus auch.«

Plopp!

Martin hält seine fast leere Bierflasche hoch, schüttelt den letzten Schluck darin direkt vor seinen Augen. »Ich geh mal was zu trinken holen«, sagt er, »gibt ja jetzt auch einen Grund, ich bring euch was mit, und dann trinken wir auf die Charts und auf die *Sonntagsterrasse.*«

»Oder nur auf die Charts«, sage ich und sehe Martin zu, wie er sich mühsam hochhievt.

Als er geht, legt sich Hella einfach wieder hin.

»Darf ich auch auf die Decke?«, frage ich sie.

»Mach doch«, sagt Hella.

Ich setze mich auf den dünnen Stoff, winkle die Beine an, lege die Arme um die Knie. Und auch wenn ich versuche, es nicht zu tun, muss ich doch immer wieder rüber zu Hella sehen. Ich betrachte ihre dunkle Haut, die in der Sonne schimmert, und mein Blick wandert von ihren Lippen über den Hals und die Brüste, den Bauchnabel runter zum Bikinihöschen, und weiter nach unten, die langen, schlanken Beine entlang bis zu den rosa lackierten Zehennägeln. Noch einmal sehe ich an Hellas Körper auf und ab, sehe mich nicht an ihm satt, denke nicht mehr an das, was zwischen Hella und mir steht, denke nur noch an das, was ich sehe, und diese eine Nacht, daran, wie nah ich Hella schon war. Die Freibadgeräusche, die kreischenden Kinder, das Peitschen auf dem Wasser, wenn jemand von hoch oben hineinspringt, die brausenden Duschen vor den Becken, all das gerät in den Hintergrund. Was für eine Frau, denke ich, wenn ich jetzt überhaupt noch etwas denken kann, was für eine Wahnsinnsfrau.

Ab und zu sehe ich nach vorne und dem Schauspiel im großen Becken zu, ein paar Jungs schwimmen um die Wette. Aber ich kann ihnen nicht lange folgen, ich kann einfach nicht anders, als das Bild direkt neben mir immer wieder zu bewundern.

»Die Pommes können wir uns teilen, zur Feier des Tages«, reißt Martin mich mit einem Satz zurück in die Freibadrealität, »ist auch die große Portion, und schön rot-weiß, haut rein.«

Martin legt eine fettige, gewellte Pappschale auf den dünnen Grasstreifen zwischen Handtuch und Decke, in der sich gelbbraune geriffelte Pommes auftürmen, überzogen von einer dicken Schicht aus roten und weißen Schlangen. Daneben legt Martin drei Flaschen Bier. Kleine Wasserperlen laufen über das braune, beschlagene Glas.

»Für jeden was dabei«, sagt Martin und quält sich unter Stöhnen zurück in den Schneidersitz, »wenn das nichts ist.«

Seinen schlaksigen Körper, aus dessen Mitte eine erstaunlich große, nicht zum Rest passende Bauchkugel ragt, wieder in Position gebracht, nimmt Martin sein Feuerzeug, öffnet die Flaschen und schreckt Hella auf, als er ihr eine an die nackte Schulter hält.

»Ey!«, ruft sie, greift dann aber schnell nach dem Bier.

Die nächste Flasche bekomme ich.
»Auf uns!«, ruft Martin.
»Auf uns«, sage ich.
»Prost«, sagt Hella.
Plopp!

24

Der Eingangsbereich ist dunkel, als ich die schwere Eisentür aufschiebe. Auch weiter hinten, im Flur zwischen der kleinen Hausbar und dem Studio, ist noch kein Licht. Einzig die winzige rote Lampe der Kaffeemaschine auf dem Tresen, die den Raum mit lautem Gluckern füllt, leuchtet. Ich drücke den Schalter für das Licht hier vorne, wenn man das überhaupt Licht nennen kann, denn es gibt nur drei trübe Birnen hinter noch trüberem Glas, die in der Mitte des Raumes an der Decke eine kurze, schummrige Linie bilden, so schwach, dass sie kaum die paar Meter zu den Wänden schafft.

Die Böden im *Boom Studio* sind gepflastert mit verblichenen Perserteppichen, über die ich Richtung Aufnahmeraum gehe.

Von dort höre ich schon Bodo, den Studiobetreiber. »Bist du dit, Jussi?«

Bodo ist stolz, ein echter Kreuzberger zu sein. Er hat hier schon vor der Wende aufgenommen, was er immer wieder betont, vor allem dann, wenn ihm jemand einen Vorschlag zur Optimierung von Klang- und Aufnahmetechniken machen will. Bodo ist ein kleiner, dicker Mann, Ende vierzig, mit zerzausten, blond gefärbten Haaren und Vollbart. An den ersten drei Studiotagen steckte Bodo in einem olivgrünen, viel zu engen Led-Zeppelin-Shirt: *Tour over Europe 1980*. Das Shirt trägt er auch jetzt, darunter eine quietschbunte Bermudashorts mit tanzenden Hawaii-Mädchen in Baströcken, und an den Füßen nichts. Im kurzen Studioflur steht Bodo mir barfuß gegenüber.

»Haste dir wat überlegt wejen die Streicher?«, fragt er.

»Ich will immer noch keine«, sage ich.

»Kann ick ja verstehen, hast deine Prinzipien, dit respektier ick, ick kenn dit ja selbst, mit die Prinzipien is dit so 'ne Sache: Wenn de erstmal welche hast, wirste die so schnell nich mehr los. Aber überleg doch ma, Junge, wie die Mädchen uff die Streicher heulen würden! Überleg ma, wat da für Tränen fließen würden, wenn de die plötzlich inna Mitte von dein Mama-Song rausholst. Mensch, überleg doch ma, Junge!«

»Ja, ich weiß schon, was du meinst, aber ...«

»Na siehste, jeht doch. Probiern wa gleich ma aus.«

»Bodo, ich bin einfach nicht so der Streicher-Typ.«

»Wat nich is ...«

»... kann bei mir auch nicht mehr werden. Der Streicher-Zug ist abgefahren.«

»Streicher sind doch jut.«

»Streicher sind Bon Jovi.«

»Sag ick doch: Voll jut.«

»Wir sprechen schon von *dem* Bon Jovi, oder?«

»Jon is eener von die Juten, war sogar schon ma hier, und der kriegt die Mädels, dit sag ick dir, wenn eener die kriegt, dann der, und womit kriegt er se? Eben. Mit die Streicher.«

»Du hast schon mit Bon Jovi aufgenommen?«

»Nur zwee Tage. Aber war 'ne echte Erfahrung mit dem. Is 'n janz Lieber, der Jon, jar nich so, wie'a in die

Medien jemacht wird. Keen Stück arrogant, wenn ick's dir sage.«

»Ich kenn mich mit Bon Jovi nicht so aus.«

»Musste ja ooch nicht Junge, aber bisschen wat lernen kannste von dem, zum Beispiel dit mit die Streicher.«

»Bodo, ohne Scheiß, ich will keine Streicher.«

»Is ja jut, janz ruhig. Denn stell ick dir ma 'ne janz einfache Frage: Willste die Mädels nu oder nich?«

»Wie jetzt?«

»Na, die Mädels! Die Schreihälse in die ersten Reihen. Willste die oder willste die nich?«

»Prinzipiell schon.«

»Wat'n ditte jetze?«

»Prinzipiell schon, meine ich, aber nicht nur. Ich will mehr als die, und deshalb will ich auch keine Streicher.«

»Du machst mir fertig.«

»Sorry.«

»Ach, bisschen kann ick dir ja verstehn.«

»Ja?«

»Ja, klar kann ick dit.«

»Puh, gut.«

»Is ja ooch keen Drama. Nehmen wa eben die aus'e Büchse.«

»Keyboardstreicher?«

»Jibt mittlerweile echt jute.«

»Auf keinen Fall!«

»Is'n Kompromiss.«

»Scheißkompromiss.«

»Aber die Mädels …«

»… werden's überleben.«

»Junge, wat machen wa bloß mit dir?«

»Erstmal 'n Kaffee trinken?«
»Da sagste wat.«

Um Punkt elf sitze ich am Rhodes. Es steht in der Mitte des rechteckigen Aufnahmeraumes auf noch mehr Perserteppichen und zwischen Percussion-Instrumenten, unzähligen Kabeln und Effektgeräten, Pedalen und Synthesizern, einem dunkelbraunen Flügel, Akustik- und E-Gitarren, die an den Verstärkertürmen lehnen. An den Wänden und an der Decke sind Absorber angebracht, quadratische Akustikelemente, die wie schlichte graue Bilder ohne Rahmen wirken. Überall sind Mikrofonständer, einer direkt vor dem Gitarrenverstärker, mit dem Mikro aufs Boxenzentrum gerichtet, und einer wurde vor dem Rhodes plaziert, das Mikro zeigt auf mich.

Ich blicke auf die kleine, silberne Kuppel, den Kopf des Mikros, gehe dicht heran, berühre das kalte Metall mit den Lippen. Ein paar Meter entfernt stehen Hella, Martin und Bodo hinter einer Glasscheibe. Alle drei zeigen mir einen erhobenen Daumen. Das Klicken auf den Kopfhörern zählt mich in den Song. Das neonrote Aufnahmezeichen über der Tür leuchtet auf. Live-Aufnahme von »Mitte-Liebe«.

Und danach sofort die Kritik.

»Ick würd sagen, wir machen dit gleich noch mal«, sagt Bodo.

»Bisschen steif«, meint Martin, »bisschen verkrampft. Das kannst du doch besser, Jussi, das weiß ich, viel besser kannst du das.«

Und Hella: »Ging so.«

Plopp!

Also von vorne. Noch mal Klicken. Noch mal die Lampe. Und »Mitte-Liebe«.

Martin: »Joah, schon besser, aber wir brauchen noch mehr, Jussi, noch mehr!«

Bodo: »Jefühle sind ooch janz wichtig bei dieset Lied, denkste dran beim nächsten Mal, wa!? Jefühle.«

Hella: »Wenn schon Schnulze, dann auch richtig.«

So geht das den ganzen Tag. Immer wieder spiele ich den einen Song, singe denselben Text, kann das alles schon bald nicht mehr hören. Mein eigener Song strengt mich an. Ob ich am Ende mehr Gefühle drin habe? Keine Ahnung. Immerhin sagt Bodo irgendwann: »Haste jut jemacht, Junge, Schicht im Schacht.«

Den Abend dürfen Hella und ich im Studio verbringen. Akklimatisieren, hat Bodo es genannt: »Mach ick oft mit die Neuen.«

Hella und ich sitzen an der Bar, unterhalten uns zum ersten Mal seit langem, wenn auch nicht über uns. Wir reden über Belangloses, blödeln rum, lachen, sind beide ziemlich kaputt. Aber wir bleiben wach. Wir trinken Wein aus dem Spätkauf unten im Haus, und zweimal gehen wir noch vor die Tür und rauchen Hellas selbstgedrehte Zigaretten. Unten auf der Straße ist noch viel los. Studenten treiben sich durch die Straßen, verlieren sich in der Nacht. Es ist eine warme, klare Nacht, überall sind Sterne. Und wenn wir beim Rauchen in der schmalen Hofeinfahrt an die Mauern gelehnt stehen, spüre ich, dass Hella diese Stunden so sehr mag wie ich.

Es ist schon früh am Morgen, als wir mit den Sitzkissen der Barhocker und einer Decke, die wir im Kontrollraum gefunden haben, in den Aufnahmeraum zu den ruhenden Instrumenten schlendern. Hella und ich gehen einen Weg. Ohne darüber zu sprechen. Ohne auszusprechen, dass wir nur die eine Decke haben. Dass wir vielleicht nur eine brauchen. Ohne ein Wort gehen wir auf den Teppichen bis zum Rhodes und lassen die Schlafsachen fallen. Hella verteilt die Kissen, während ich die Lichter ausknipse und die Verstärker abschalte, die sich ein letztes Mal mit einem lauten Summen aufbäumen, bevor auch sie eine Pause bekommen. Der Aufnahme- und der Kontrollraum, der Flur, fast das ganze Studio liegen jetzt im Halbdunkeln, nur aus dem Eingangsbereich dringt ein bisschen Helligkeit zu uns vor.

Im Sitzen ziehe ich mir die Jeans aus, die Socken, das T-Shirt. Ich atme tief durch. Ich strecke meine Beine, beuge mich nach vorne, fasse mir an die Zehen. Als ich mir eines der Kissen nehme, liegt Hella schon unter der Decke. Sie liegt auf der Seite. Ich lege mich zu ihr, schmiege mich an sie. Auch Hella hat sich ausgezogen, nur ihren BH und einen Slip trägt sie noch, ansonsten spüre ich nur warme Haut an meiner Haut. Hellas süßlicher Duft ist mir angenehm vertraut. Ich rieche an ihrem Hals, komme ihm näher, berühre ihn, zuerst mit der Hand, dann mit dem Mund. Küsse ihn. Hella streckt sich, drückt ihren Rücken voll durch, ihren Po fest in meinen Schoß. Mit einer Hand streichele ich ihre Schulter, ihren Arm, über den Slip, die Beine. Ich küsse ihren Rücken, spüre die feinen, weichen Härchen, lecke darüber, Wirbel für Wirbel lecke ich nach unten, bis ich das bisschen Stoff spüre, das Hella dort noch bedeckt. Mit einer Hand öffnet sie den BH, legt sich auf den Bauch, und ich fasse den Slip an den Seiten, ziehe ihn langsam über Hellas Hüften, den Po, den ich küsse, immer wieder küsse, ich küsse beide Pobacken, forme sie mit den Händen, lecke über die Pofalten, und als Hella ein Bein anwinkelt und das andere zur Seite streckt, lecke ich dazwischen. Hella stöhnt leise auf. Ich genieße diese Nähe und Wärme. Mit den Fingern fahre ich vorsichtig durch Hellas Locken, streiche ihr über die Stirn, die Wangen, den Mund. Einmal beißt Hella sanft zu. Sie fühlt nach meiner Boxershorts, greift den Gummibund, zieht ihn runter.

Sie dreht sich auf den Rücken. »Komm her«, flüstert sie, »komm zu mir.«

»Ick gloob's ja nich«, höre ich eine Männerstimme über mir, »dit is jetzt nich wahr.«

Noch halb im Schlaf, drehe ich mich von der Seite auf den Rücken, reibe mir die Augen, öffne eines mühsam. Über mir steht Bodo und schüttelt mit dem Kopf.

»Ist dit dein Akklimatisieren, oder wat?«

»Was?«

»Na, ditte!« Bodo wedelt mit dem Zeigefinger durch die Luft.

Ich sehe an mir herunter. Bin erleichtert. Ich trage meine Boxershorts. Auch Hella liegt auf dem Rücken, trägt jedoch nichts außer einer kleinen Holzrassel in der linken Hand, die sie wie einen Schnuller zum Mund geführt hat.

»Nur Schweinkram im Kopp«, höre ich Bodo wieder, »wie die Tiere, ick krieg zu viel.«

»Sorry«, sage ich mit halber Stärke in der Stimme, »wir räumen fix auf.«

»Wat willst'n hier uffräumen? Die Rassel zurück ins Rejahl, oder wat? Sonst habt'a ja nüscht anjefasst, Ferkel.«

Hella ist mittlerweile aufgewacht, hat sich sofort die Decke geschnappt und sich darin eingewickelt. Etwas orientierungslos geht sie im Raum umher, sammelt ihre Klamotten auf. Damit verschwindet sie schließlich im Kontrollraum.

Bodo sieht ihr ungläubig nach. »Wat denkt die, wat dit is? 'n bejehbarer Kleiderschrank?«

»Sorry, Bodo, wirklich, kommt nicht mehr vor.«

»Ick hab echt schon vielet jesehen, aber so wat?!«

»Was machen wir denn heute?«, versuche ich abzulenken, während auch ich meine Sachen vom Teppich aufhebe.

»Na, du ziehst dir erstmal wat an, würd ick sagen.«

»Mach ich«, sage ich und setze einen beschämten Blick auf.

»Ja los!«, sagt Bodo. »Worauf warteste? Dass ick mir dafür noch bedanke? Mensch, Junge.«

Gegen Mittag erscheint Martin im Studio. Er ist anwesend und irgendwie doch nicht, denn er ist fast ausschließlich mit seinem Handy beschäftigt. Interviewkoordination, meint er. Einige Wochen vor der Albumveröffentlichung ist ein Promo-Tag bei *World Records* geplant. Acht Stunden Gespräche mit Journalisten. Und Martin managt alles. Zusammen mit einem Presse-Mann vom Label vergibt er die Slots, wie er die dreißigminütigen Interviewtermine nennt. Hinter Hella und Bodo sehe ich ihn im Kontrollraum auf und ab gehen, sich kurz setzen, wieder aufstehen. Manchmal dreht sich Bodo zu ihm um, und es scheint, als ermahne er ihn zu mehr Ruhe.

»Wir machen jetzt die ›Milkshakes‹-Nummer, hörste?«, sagt Bodo ins Mikro hinter der Scheibe.

Ich nicke.

»Und ick will ma weg von den alten Sound, setz dir ma an den Flüjel, dafür issa ja da.«

»Aber ich spiele immer am Rhodes und …«

»Ja, ja, is ja jut, setz dir ma ran, und dann siehste schon, wat ick meine.«

Bodo macht eine präsentierende Handbewegung zum Flügel. Im Hintergrund nicken Hella und Martin. Ich überlege.

»Ich hab eigentlich keinen Bock«, sage ich, »das ist echt nicht meins.«

»Nu setz dir ma ran!«, befiehlt Bodo.

»Jussi«, mischt sich jetzt auch Martin ein, »zick hier nicht rum, setz dich da ran und gut ist.«

Ich sehe rüber zum Flügel, dann wieder zu Bodo, Martin und Hella.

»Aber …«, sage ich, komme aber nicht weiter, denn durch die Lautsprecher im Aufnahmeraum höre ich nun drei Stimmen, die nicht das Gleiche sagen, aber das Gleiche meinen: Jussi. Flügel. Sofort.

Widerwillig nehme ich meinen Hocker und trage ihn rüber zu dem bereits aufgeklappten und im Innenraum mit einem Mikro versehenen Instrument. Als ich davor sitze, vor den blitzblanken Tasten, dem edlen Firmenaufdruck in Goldschrift, dem glänzenden Innenleben, den harfenhaft gespannten Saiten, dem weinroten Filz, fühle ich mich sofort bestätigt. Ich fühle, wovon ich immer ausging, dass ich es fühlen würde, sobald ich an einem Flügel säße, nämlich, dass ein Flügel zu viel ist für mich und meine Musik, viel zu viel. Zu elegant, zu opulent, zu glatt. Zu behaftet mit Klischees, mit Kitsch und Drama. Einfach zu viel. Nichts gegen Flügel an sich. Flügel finde ich schon gut. Klingen gut, sehen gut aus, machen schon was her. Aber Flügel passen eben nicht zu mir und zu dem, was ich spielen und singen und ausdrücken will. Flügel und ich, das ist wie Free Jazz und Danni Pirsch. Das wird so bald nichts.

»Dit is wat, wa? Janz wat Feinet is dit!«, höre ich Bodos ganzen Stolz durch den Raum schallen.

»Na ja«, sage ich.

»Janz groß wird dit!«, sagt Bodo.

»Vor allem wird das ganz schwer«, sage ich.

»Dit jeht runter wie Öl, wirste sehen«, höre ich Bodo noch einmal. Und dann höre ich schon das Klicken.

Milkshakes

Strophe 1:
Du fährst weg im Sommer
Hast du gesagt
In unserem Sommer

Hast du gesagt
Und jetzt schickst du Postkarten
Mit Elvis drauf
Und du schreibst
Hör bitte nicht auf
Denk immer daran
Bestimmt kommt unser Sommer
Im nächsten Jahr und dann

Chorus:
Trinken wir Milkshakes
Den ganzen Tag
Du nimmst Erdbeer mit Sahne
Und ich lache dich aus
Für so viel Süßes
Du sagst, dass, braucht ein Mensch auch
Und ich liebe Vanille
Pur und eiskalt
Einfach nur Milkshakes
Milkshakes mit dir

Strophe 2:
Du sagst: Amerika
Und: Ich bin bereit
Für diese Reise, am besten zu zweit
Warum gerade jetzt
Wusstest du nicht
Warum er und nicht ich
Wusstest du nicht
Und jetzt bist du weg
Schickst nur den King

Aus der Wüste im Westen
Bitte sag mir, wann

Chorus:
Trinken wir Milkshakes
Den ganzen Tag
Du nimmst Erdbeer mit Sahne
Und ich lache dich aus
Für so viel Süßes
Du sagst, das braucht ein Mensch auch
Und ich liebe Vanille
Pur und eiskalt
Einfach nur Milkshakes
Milkshakes mit dir

Bridge:
Wir halten die Köpfe
Ganz dicht zusammen
Hängen an unseren Strohhalmen
Und ich wünsch mir so sehr
Erdbeer und Vanille
Und alles mit dir

Chorus 2x:
Komm, wir trinken Milkshakes
Den ganzen Tag
Du nimmst Erdbeer mit Sahne
Und ich lache dich aus
Für so viel Süßes
Du sagst, das braucht ein Mensch auch
Und ich liebe Vanille

Pur und eiskalt
Einfach nur Milkshakes
Milkshakes mit dir

»Warum haben wir das vorher noch nie gemacht?«, fragt Martin im Kontrollraum. »Sind wir eigentlich bescheuert, oder was? Knaller, Jussi, ehrlich, Knaller!«

»One Take, nennt man dit«, sagt Bodo, »hab ich ooch lange nich jehabt, haste jut jemacht. Siehste ma, wat so'n schönet Teil allet kann.«

Hella sagt nichts. Ich sehe, wie sie zügig ihr Kaugummi kaut. Und schließlich grinst. Und nickt. Anerkennend nickt sie mir zu. Wie damals im *Flamingo*, nach meinem ersten Song.

»Fehlen nur noch Streicher, dann ham wa't«, sagt Bodo.

»Netter Versuch«, sage ich.

»Habt ihr noch gar nicht über Streicher gesprochen?«, fragt Martin.

»Will'a ja nich«, sagt Bodo.

»Wieso das denn nicht?«, fragt Martin und breitet beide Arme aus, um seine Ungläubigkeit zu unterstreichen, »Streicher wären mal 'ne Ansage, bisschen Pathos, Jussi. Hat noch keinem geschadet.«

»Pathos ist Quatsch«, sage ich.

»Ansichtssache«, meint Bodo, und Martin meint: »Sind doch bloß Streicher, probier's wenigstens mal.«

»Muss ja ooch nich bei jedet Lied sein«, sagt Bodo.

Als sie fertig sind, ploppt es aus dem Kontrollraum durch die Lautsprecher in meine Ohren. Hella macht dazu Bewegungen, als halte sie eine Geige und streiche gefühlvoll darauf herum, ihr Gesichtsausdruck ist äußerst dramatisch, und als sie jetzt die Augen beim Luftgeigen schließt, noch viel dramatischer.

»Keine Chance«, sage ich.

»Mann, Mann, Mann«, sagt Bodo.

»Jussi!«, ruft Martin.

»Irgendwann weeß'a, wat jut is für ihn«, sagt Bodo.

»Flügel ja, Streicher nein«, sage ich, denn an dem Flügelspiel fand ich tatsächlich Gefallen.

»Eens nach'm andern«, sagt Bodo.

»So machen wir's«, sagt Martin.

Hella streicht einfach weiter durch die Luft, grinst und: plopp!

25

Das Café durfte ich mir aussuchen, den Stadtteil nicht. Mitte müsse es schon sein, meinte Martin in seiner Mail, das mache mehr Eindruck als ein schnöder Kreuzberg-Termin oder ein Friedrichshain-Termin oder, noch schlimmer, ein Neukölln-Termin. Wenn wir uns schon alle an einem neutralen Ort treffen würden, dann auf jeden Fall in Mitte, das käme bestimmt auch Lasse Rönck entgegen, meinte Martin, und das wäre schließlich nicht verkehrt. Mitte also, und ich bin der Erste im *Lieb die Liebe,* einem äußerlich unscheinbaren Laden am Rand der Friedrichstraße. Die cremefarbenen Hausmauern sind fast flächendeckend mit Efeu bewachsen, die dunklen Blätter bedecken teils das verschnörkelt geschmiedete Namensschild über der Eingastür. Drinnen geht es erstmal nach unten, eine kleine, steile Eisentreppe, die zum Rest des *Lieb die Liebe* passt. Hier ist alles auf industriell gemacht, zumindest glaube ich, dass man den Stil so nennt. Von der hohen Decke baumeln an langen, schwarzen Kabeln kupferfarbene Lampenschirme herab. Tresen, Tische und Stühle werden von schwer wirkendem, dunklem Metall getragen, haben allesamt dicke Holzoberflächen, die nach viel Arbeit aussehen, die darauf schon getan wurde. Auf dem Boden liegt ein schlichter, grauer PVC-Belag, der an Lagerhallen erinnert. Gäste sitzen auf Drehschemeln und aus Euro-Paletten gefertigten Stühlen und Bänken. An den Wänden stehen alte Truhen, Kisten und Schränke und ein Scheinwerfer auf einem Holzstativ. Ich setze mich an die Bar und bestelle Martini. Martini in Mitte, denke ich, da wird Martin Augen machen, ganz nach seinem Geschmack ist das, wenn er selbst auch niemals Martini bestellen würde, weder in Mitte noch in Kreuzberg, Neukölln oder sonst irgendwo. Martini, das würde Martin nie machen. Aber Martin wird sich freuen, wenn er mich mit dem Zeug hier sitzen sieht. Ein Künstler mit Stil, hat er neulich gesagt, das müsse das Ziel sein, und er kam mir mit der Idee, dass ich bei meinen Auftritten doch ab sofort einen kleinen Tisch neben das Rhodes stellen könnte, so ein Beistelltischchen, meinte er, mit weißem Deckchen und Blumenvase und so, das hätte mal was, und neben der Vase würde dann natürlich kein Bier stehen, sondern ein guter Wein, weiß oder rot wäre an sich egal, oder noch besser, erklärte Martin: Martini. Quatsch mit Soße, sagte ich, Tischdeckchen und Blumenvase, das wäre ja noch mehr Schnulzenjunge, als Leute wie der *Like*-Typ sowieso schon in mir sehen. Martin meinte irgendwas von »ironic statement« und dass das ziemlich angesagt wäre im Moment, der *Like*-Typ verstehe das bestimmt, und weil ich darüber nur lachen konnte und sagte, Martin sei selbst so ein ironic statement, hat Martin sich ziemlich geärgert.

Jetzt kommt er die Treppe runter, und ich proste ihm grinsend zu. Martin grinst auch und zeigt mir einen vor dem Bauch erhobenen Daumen, so dass Lasse Rönck, der direkt hinter ihm geht, es nicht sehen kann, ebenso wenig wie Hella, die nach Lasse Rönck kommt und die

Augen übertrieben verdreht, als sie mich mit dem Martiniglas sieht.

»Justus von Schweben, wie schön«, sagt Lasse Rönck zur Begrüßung, gibt mir die Hand und fasst mir mit der anderen an die Schulter, »ach, was sag ich, wir waren ja schon beim Du.«

»Waren wir«, sagt Martin.

Auch er gibt mir die Hand. Hella umarmt mich lose.

»Nett«, sagt Lasse Rönck, der sein dunkelblaues Sakko über den Schemel neben mir legt und sich im *Lieb die Liebe* mit in die Hüften gestemmten Händen umsieht, »irgendwie so ... bodenständig.«

Ich sehe rüber zum Mann hinter der Bar, einem schlaksigen Kerl mit Vollbart und labbrigem Achselshirt. Nach Lasse Röncks Kommentar dreht er sich grinsend weg.

»Bodenständig, das trifft's«, sagt Martin, der alte Arschkriecher, »dachte ich auch, als wir gerade reinkamen, irgendwie bodenständig, dachte ich.«

Seit der Hamburg-Termin geplatzt war, ist Martin deutlich bemüht, sich mit Lasse Rönck gut zu stellen, denn der konnte das mit dem ausgefallenen Konzert gar nicht verstehen, ein Unfall von jemand anderem war ihm jedenfalls kein guter Grund.

Hella, Martin und Lasse Rönck setzen sich zu mir.

»Martini!«, sagt Lasse Rönck und deutet auf mein Glas, und es klingt irgendwie anerkennend.

»Jaha«, sage ich, »ab und zu trinke ich gerne mal einen Martini.«

Martin nickt zufrieden.

»Ich würde auch einen nehmen«, sagt Lasse Rönck, »wollen wir nicht alle mit einem Martini beginnen?«

»Sehr gerne«, sagt Martin.

Alle sehen Hella an.

»Ich glaube, ich nehme …«, sagt sie, kaut ihren Kaugummi und lässt sich auffällig viel Zeit, »ich nehme … äh … ich nehme … ein Bier.«

Martin beugt sich kurz zur Seite, damit nur ich bemerke, wie er mit den Augen rollt. Ganz anders Lasse Rönck. Der findet sichtlich Gefallen an Hellas Eigenständigkeit. Oder an Hella. Deren luftiges, tief ausgeschnittenes gelbes Sommerkleid gibt freie Sicht auf viel Haut, und Lasse Rönck nutzt das immer wieder aus, sieht immer wieder hin, wenn er vielleicht meint, Hella kriege es nicht mit, was schon sein kann, aber ich kriege es mit.

»Wisst ihr was?«, sagt Lasse Rönck. »Ich nehme auch ein Bier.«

»Noch een Martini und zwee Bier, ja?«, fragt der Mann hinter der Bar.

»Genau«, sagt Lasse Rönck und sieht jetzt Hella direkt an, die seinem interessierten Blick mit einem eher gelangweilten entgegentritt.

Lasse Rönck besinnt sich daraufhin und wird sachlich: »Die Aufnahmen waren gut, habe ich gehört, sehr gut sogar, meinte Bodo, ihm hat die Arbeit mit dir sehr viel Spaß gemacht.«

»Cool, das freut mich«, sage ich.

»Und ich muss zugeben«, fährt Lasse Rönck fort, »als ich die Ergebnisse gehört habe, war ich begeistert.«

»Richtig gut, oder?«, sagt Martin euphorisch.

»Ja, das stimmt, vor allem die Single ist ein Hit. Jetzt, mit den Streichern, finde ich sie sogar noch besser als vorher.«

»Hat sich Jussi auch ausdrücklich gewünscht«, sagt Hella und grinst, so dass man das kleine rosa Gummi zwischen ihren Zähnen sieht.

»Manchmal werden Wünsche Wirklichkeit«, sagt Lasse Rönck in Hellas Richtung, »man muss nur fest an sie glauben und dranbleiben, dann ist alles möglich.«

»Äh, ja«, sage ich, um Lasse Rӧncks Flirtversuch schon im Keim zu ersticken, »und jetzt geht's ans Eingemachte, richtig?«

»Genau«, sagt Lasse Rönck, der wieder von Hella ablässt, »jetzt müssen wir dem Kind einen Namen geben.«

In diesem Moment bekommen Hella, Martin und Lasse Rönck ihre Getränke.

»Darauf stoßen wir an«, sagt Lasse Rönck.

»Aber so was von«, sagt Martin.

Lasse Rönck: »Auf dass das erst der Anfang ist.«

Martin: »Auf was ganz Großes!«

Hella: »Prost.«

»Auf euch«, sage ich, »denn ohne euch geht das ja alles nicht.«

»Immer gerne«, sagt Martin und gönnt sich große Schlücke Martini, sein Glas ist schon fast leer.

»Wir haben uns intern natürlich einige Gedanken darüber gemacht, wie wir diese schöne Songsammlung betiteln könnten«, sagt Lasse Rönck.

»Wir auch«, sagt Martin.

Hella und ich sehen Martin erstaunt an, denn wir haben eigentlich gar keine Ideen, zumindest keine, die wir zusammen entwickelt haben. Kurz vor dem Treffen mit Lasse Rönck hatten wir uns darauf geeinigt, dass sich jeder etwas überlegt, wir damit aber erst rausrücken, wenn alle am Tisch sitzen. Wir wollten Zeit und Nerven sparen, was wir auch geschafft haben. Bis jetzt. Bis Martin ein Clip-Board aus seinem Jutebeutel zieht und auf den Tresen legt. *Titel,* steht ganz oben auf dem ersten Blatt, und darunter zwanzig, vielleicht fünfundzwanzig Albumtitel, die Martin im Alleingang gesammelt hat. Die Titel sind alphabetisch aufgelistet.

Ich trinke meinen Martini mit einem Schluck aus und ordere direkt den nächsten.

»Sie hätten sich aber nicht so viel Mühe machen müssen«, sagt Lasse Rönck zu Martin und klingt dabei genauso freundlich wie irritiert.

»Doch, doch«, sagt Martin, »hab ich gerne gemacht.«

»Na dann«, sagt Lasse Rönck, »fangen Sie mal an.«

»Also«, sagt Martin, »ich habe natürlich erstmal überlegt, was die großen Themen auf dem Album sind: Liebe, Lust, Angst, Verzweiflung, Trauer. Eigentlich alles dabei, wenn man so will. Deshalb war auch so ziemlich alles möglich, also titelmäßig. Hier mal ein paar Sachen, die passen könnten: *Alles auf Liebe.*« Martin sieht fragend in die Runde.

Lasse Rönck: »Ja, das ist schon ganz nett.«

Ich: »Bisschen kitschig, finde ich.«

Hella: »Schon tausend Mal gehört, und tausend Mal fand ich's scheiße.«

Plopp!

Lasse Rönck lacht beherzt.

Martin, noch unerschrocken und anscheinend überzeugt, mit anderen Titelideen besser punkten zu können, nickt nur und sieht wieder auf sein Board. »Gut. Weiter: *Beat of my Heart.*«

»Das ist Englisch, Martin«, sage ich.

»Ich weiß«, sagt Martin, »sollte es auch sein, genau wie *Mitte-Liebe* ja auch *Big City Love* heißen sollte, erinnerst du dich?«

»Das war Davids Idee, und das war eine Scheißidee.«

»Würde ich so nicht sagen.«

»Ich schon.«

»Ich denke«, geht Lasse Rönck vorsichtig dazwischen, »dass wir tatsächlich bei Deutsch bleiben sollten. Der Titel ist zwar gut, aber er würde den potenziellen Käufer doch erstmal verwirren.«

»Dann kommen *Dreaming of you* und *Your Love is like Fire* auch nicht in Frage, oder?«, geht Martin seine Liste weiter durch.

»Eher nicht«, sagt Lasse Rönck.

»Ist ja auch noch lange nicht alles«, sagt Martin, »hier: *Sternenfänger*.«

»Hieß so nicht mal ein Album von ... wie hieß die noch mal ... von ...«, sagt Lasse Rönck.

Martin sieht ihn an, als wisse er von nichts.

»Danni Pirsch!«, sagt Lasse Rönck. »Von Danni Pirsch war das doch damals ein Album, und gar kein so schlechtes.«

»Sehe ich genauso«, sagt Martin.

»Aber das geht natürlich nicht noch mal«, sagt Lasse Rönck.

»Schon klar«, sagt Martin, »so einen Sensationserfolg kann man nicht wiederholen.«

»Ich meinte den Albumtitel«, sagt Lasse Rönck.

»Wieso?«, fragt Martin. »Dannis Album hieß doch

Die Sternenfängerin. Und Jussis hieße nur *Sternenfänger*. Also ohne *in*. Und ohne den Artikel.«

»Was hast du denn sonst noch so?«, frage ich, bevor Martin sich in seiner Danni-Pirsch-Nostalgie verfängt.

»Aber über *Sternenfänger* reden wir noch«, sagt Martin.

»Mach erstmal weiter«, sage ich.

Martin fährt mit dem Zeigefinger seine Liste herunter. »Der ist auch gut: *Flieg mit mir*.« Erneut blickt Martin gespannt in unsere Gesichter, aber keiner sagt etwas.

»*Flieg mit mir?*«, sagt Martin noch mal und betont seinen Titelvorschlag jetzt wie eine Frage.

»Da frage ich mich: Wohin?«, sagt Lasse Rönck.

»Wie, wohin?«, fragt Martin.

»Ja, wohin soll ich mitfliegen?«

»Na, erstmal mitfliegen halt.«

»Ist mir irgendwie zu ungewiss.«

»Ungewiss?«

»Gibt ja kein Ziel.«

»Muss es eins geben? Kann Fliegen nicht einfach mal für sich stehen? Kann Fliegen ohne Ziel nicht vielleicht sogar viel schöner sein als mit?« Martin wird langsam etwas ungehalten. »Ich meine, fliegen! Jeder will fliegen. Schon vergessen: ›I Believe I Can Fly.‹ Hat der auch nicht gesungen, weil's ihm gerade total beschissen ging. Das war das pure Glück!«

»Was man von *Flieg mit mir* jetzt erstmal nicht behaupten kann«, trägt auch Hella zum Gespräch mal etwas bei. Und zu Lasse Rröncks Unterhaltung.

»Eine Frau der klaren Worte«, sagt er Richtung Hella.

Die geht darauf gar nicht ein, sondern wird selbst aktiv im Findungsprozess. »Es müsste etwas sein«, sagt sie, »das all das verbindet: Träumen, Fliegen, Lieben. Etwas, das einem die ganze Scheißromantik so dermaßen vor den Latz knallt, dass man gar nicht anders kann, als selbst romantisch draufzukommen. Und zumindest mal ins Album reinzuhören.«

»Nicht schlecht«, sagt Lasse Rönck.

»Meine Meinung«, sagt Martin, »und ich habe hier auch den Titel, der all das kann.«

»Da bin ich aber gespannt«, sagt Lasse Rönck.

»Ich auch«, sage ich.

»Passt auf, hier: *Himmel über Hollywood.*«

»Hollywood?«, frage ich.

»Ja, klar«, sagt Martin, »da steckt doch alles drin. Ich meine, hallo!? Hollywood!«

»Aber was hat Hollywood denn mit dem Album zu tun?«, frage ich. »Das kommt doch nicht einmal darauf vor.«

»Hah!«, ruft Martin. »Du kennst wohl deine eigenen Songs nicht!«

»Ich wüsste jetzt nicht …«, weiter komme ich nicht.

»Elvis! Wüste! Milkshakes! Schon vergessen?«

»Elvis war in Las Vegas.«

»Hollywood, Las Vegas, ist doch letztlich alles dasselbe.«

Ich nehme mir meinen Martini, und der Barmann nickt mir belustigt zu. Hella schlägt schon die Hände vor dem Gesicht zusammen. Nur Lasse Rönck lässt sich von nichts aus der Ruhe bringen.

»Vielleicht sollten wir auch mal weg vom Album und all dem, was damit zu tun hat, und vielmehr schauen, was am besten zu Justus passt. Was macht den Künstler Justus von Schweben aus? Was ist er für ein Mensch? Was treibt ihn an? Also kurz: Wer ist Justus von Schweben?«

»Na, sag ich doch«, sagt Martin.

»Ich bin Hollywood, oder was?«, frage ich.

»Wär jetzt nicht das Schlechteste, oder?«, meint Martin.

»Mich würden andere Dinge wahrscheinlich auch mehr ansprechen«, sagt Lasse Rönck, »wir haben zum Beispiel immer gute Erfahrungen mit einer Verankerung der Herkunft des Künstlers im ersten Albumtitel gemacht: *Hoch in den Bergen* von Stefanie Schwegler, dem Schlagerstar aus Oberbayern zum Beispiel, oder *Block-Schrift* von Rapper Low Flow, der kommt irgendwo aus dem Osten.«

»Charlottenburg kommt auf so einem Album wahrscheinlich nicht so gut«, sage ich.

»Deshalb haben wir uns ja, wie gesagt, schon im Büro zusammengesetzt und nach einer Lösung …«, setzt Lasse Rönck zu seiner Titelpräsentation an und wird schon unterbrochen.

Von Hella. Und ihrer Idee: »Wie wär's mit *Flamingostar?*«, fragt sie.

Plopp!

Der Vorschlag schlägt ein. Er macht etwas, und zwar offensichtlich mit uns allen. Er wirkt. Selbst Martin, der so ziemlich alles, was mich und meine Musik betrifft, als unpassend ansieht, es sei denn, es kommt von ihm, scheint angetan von Hellas Vorschlag. Und ich bin es auch. Sehr angetan. Ich beginne zu grinsen.

»*Flamingostar*«, sagt Lasse Rönck, »das hat natürlich mal einen Klang.«

»Das ist der Hammer!«, sage ich.

»Das klingt wirklich gut«, sagt Lasse Rönck.

»Wahnsinn«, sage ich.

»So weit, so gut«, sagt Lasse Rönck, »nur: Was heißt das denn?«

»Na, Jussi hatte da seine ersten Auftritte«, sagt Hella, »im *Flamingo*.«

»Wer oder was ist denn das *Flamingo?* Klingt ja wie ein Laden im Rotlichtmilieu«, sagt Lasse Rönck scherzhaft, und ein bisschen freue ich mich darüber, denn das wird Hella ärgern und Lasse Röncks Chancen bei ihr, wenn es die denn jemals gab, gänzlich vernichten.

Lasse Rönck weiß noch nichts von dem Fettnäpfchen, in das er getreten ist. Überzeugt von sich und seiner natürlich lustig gemeinten, aber für Hella sicher alles, aber nicht lustigen Bemerkung, sieht er sie vorfreudig an.

»Ich arbeite da«, sagt Hella.

Lasse Rönck Gesichtsausdruck verändert sich schlagartig. Er hat verstanden, dass er einen Fehler gemacht hat. Unabsichtlich, keine Frage, aber es war ein Fehler, und damit wird er jetzt leben müssen, tja, Lasse Rönck, so schnell kann's gehen, denke ich.

»Das habe ich nicht gewusst, entschuldige«, sagt Lasse Rönck, »erzähl mir bitte vom *Flamingo,* ich will alles wissen.«

»Ist ein Club in Kreuzberg«, sagt Hella nur und sieht Lasse Rönck nicht mal mehr an.

»Ein ziemlich guter, nehme ich an?«, sagt Lasse Rönck.

»Geht«, sagt Hella.

»Er ist gut«, sagt Martin, »und der Titel ist auch gut, richtig gut ist der, ich meine«, Martin steht auf, geht in die Knie, holt mit beiden Armen weit aus, als würde er zum Abflug ansetzen, »Flamingooooo«, zieht Martin das »o« immer weiter in die Länge wie ein Ringsprecher beim Einmarsch der Boxer, »staaaaar!«

Martin macht Flügelbewegungen am Tresen, ist sichtlich begeistert, und auch Lasse Rönck kommt immer mehr auf den Geschmack: »Ja, das ist etwas, das man durchaus machen könnte.«

»War nur so ein Gedanke«, sagt Hella und nippt an ihrem Bier.

»Was du so für Gedanken hast«, sagt Lasse Rönck und erlaubt sich jetzt wieder einen Blick in Hellas Ausschnitt.

»Ja«, sage ich, »von mir aus können wir das machen, ich find's cool, Martin findet's cool, und Hella hat's erfunden – von uns aus also alles gut. Dann haben wir's doch, oder?«

»Oh«, sagt Lasse Rönck, »ganz so schnell sollten wir nicht vorgehen, eher noch mal in Ruhe …«

»Ich hätte das gerne«, sage ich, »ich hätte gerne *Flamingostar.*«

»Na ja«, sagt Lasse Rönck, »ich müsste das natürlich noch mal intern absegnen lassen, und dann wäre da ja noch die Frage des Covers.«

»Das ist kein Problem«, sagt Martin und blättert auf dem Clip-Board einige Seiten weiter, »ich hab da mal was vorbereitet.«

»Martin, das passt doch jetzt gar nicht mehr«, sage ich.

»Meine Cover passen zu allen Titeln, die sind universell einsetzbar.«

»Herr Groba«, sagt Lasse Rönck, »lassen Sie uns doch erstmal …«

»Hier zum Beispiel«, macht Martin einfach weiter, zieht ein Blatt aus dem Clipper und hält es hoch. Darauf ist ein quadratisches Coverbild zu sehen, das dreigeteilt ist. Das obere Drittel ist ein hellblauer Balken. Darunter folgt ein weißer Balken. Und noch ein hellblauer. Ansonsten ist nichts auf dem Bild zu sehen.

»Argentinien, oder was?«, fragt Hella.

»Sieht ein bisschen so aus«, sagt Lasse Rönck.

»Quatsch«, sagt Martin, »das ist Kunst, ziemlich moderne noch dazu. Sieht man im Moment überall.«

»Ich will aber nichts, was man überall sieht«, sage ich.

»So war das doch nicht gemeint.«

»Wie denn?«

Martin scheint nicht weiter zu wissen. Er sieht uns nur an. Dann sieht er aufs Bild. Dann wieder zu uns. Und noch mal aufs Bild.

»Und da«, Martin deutet auf den weißen zwischen den hellblauen Streifen, »da steht dann *Flamingostar.*«

»Steht da nicht immer die Sonne?«, fragt Hella und grinst.

»Das ist nicht die argentinische Flagge!«, wird Martin kurz laut.

»Ich find's an sich gar nicht verkehrt«, sage ich, »wenn man die beiden hellblauen Balken durch gelbe ersetzt … *Flamingostar* in Pink in die Mitte … das könnte gehen.«

»Schnulzensängerpink?«, fragt Hella.

»*Flamingostar*-Pink«, sage ich.

»Pink ist Pink«, sagt Hella, »und Pink ist Schnulzensänger. Willst du das?«

»Ich sehe das anders«, sage ich.

»Ich bin auch nicht so der Pink-Fan«, sagt Martin, »außerdem würde ich gerne bei Hellblau bleiben.«

»Don't cry for me, Argentina«, beginnt Hella leise zu singen.

»Singen kannst du auch noch«, sagt Lasse Rönck.

»Jetzt ist auch mal gut«, sage ich, »von mir aus lassen wir das mit dem Pink.«

»Und das Hellblau?«, fragt Martin.

»Das auch.«

»Kein Problem«, sagt Martin, »ich hab noch Alternativen parat.«

»Ich denke, wenn wir wirklich mit dem Titel *Flamingostar* arbeiten wollen«, sagt Lasse Rönck, »und damit, was er bedeutet, also einen Supersänger in einem extrem coolen Club«, er sieht in Hellas Richtung, die aber nicht in seine, »dann sollten wir das auch zeigen.«

»Das *Flamingo* auf dem Cover?«, fragt Hella.

»Warum nicht?«, sagt Lasse Rönck. »Wenn man ein schönes Bild finden würde, dazu einen netten Schriftzug, das könnte ich mir schon vorstellen.«

»Ich mir auch«, sage ich.

»Martin?«, fragt Lasse Rönck.

Martin blättert hastig seine Skizzen durch, sucht nach seiner vielleicht letzten Chance, scheint aber nichts mehr zu finden, was er uns zeigen mag, und lenkt schließlich ein: »Wenn ihr unbedingt wollt. Aber das Foto mach ich!«

»Prima«, sagt Lasse Rönck, »dann halten wir das

doch fest, und ich bespreche das gleich morgen mit den Kollegen. Bin mir sicher, das wird gut ankommen. Mensch, hätte ich dich bloß schon früher getroffen und gewusst, welche Talente in dir schlummern«, sagt er zu Hella und legt ihr dabei eine Hand auf die nackte Schulter, »ich hätte dich schon in diversen Verhandlungen als meine schärfste Waffe eingesetzt.«

Hella blickt auf Lasse Rönck's Hand, dann in sein Gesicht, bis er schließlich erkennt, dass das, was er hier versucht, wohl für immer bei einem Versuch bleiben wird. Er räuspert sich, nimmt die Hand zurück, wird wieder sachlich.

»Freut mich sehr, dass wir so schnell auf einen Nenner gekommen sind. Darauf sollten wir doch trinken. Ich nehme noch ein Bier.«

»Ich glaub, ich nehm Schnaps«, sagt Martin.

»Ich trink einen mit«, sage ich.

»Ich auch«, sagt Hella.

»Dann will ich mal kein Spielverderber sein«, sagt Lasse Rönck.

»Vier Tequila!«, ruft Hella dem Barmann zu.

26

Seit Vater und ich im Garten saßen, ist vieles anders. Und fast alles leichter. Unbeschwerter. Und dennoch: Manchmal habe ich das Gefühl, als gäbe es da noch etwas, das Vater mir sagen will, denn ab und zu enden unsere Gespräche abrupt oder Vater wechselt einfach das Thema. Nicht mehr unbedingt, wenn es um Mama geht. Aber wenn es um ihren Unfall geht. Ich akzeptiere das, hake nicht weiter nach. Selbst der Gedanke, Vater könne noch etwas wissen, was auch ich wissen sollte, kann nichts daran ändern, dass ich mich zu Hause, mit Vater, so viel wohler fühle.

Und zum ersten Mal hat Vater nachgefragt. Wie es läuft mit meiner Musik. Ob ich vorankomme. Und ob mir das Musikmachen noch gefällt. Er erstaunt mich. Wenn wir uns sehen, sind wir nicht nur friedlich, wir sind wirklich wie Vater und Sohn. Und das liegt, das gebe ich zu, vor allem an ihm. Nicht ich war es, der sich überwunden hat, den ersten Schritt zu machen, sondern er. Klar, der Unfall hat alles ins Rollen gebracht, und wahrscheinlich wäre Vater nie auf mich zugekommen, wenn das nicht passiert wäre, aber er tut es jetzt, und das zählt, und natürlich genieße ich das und will es Vater gleichtun, auch ich will mich ihm nähern, ihn teilhaben lassen an meinem Leben. Ihn wieder hineinlassen.

Es ist Samstagnachmittag, Vater und ich sitzen vor der Villa auf der Terrasse, und wir haben Frau Wehmann gebeten, sich zu uns zu setzen. Vater hat gesagt, er besorge heute mal das Kaffeezeug. Es gibt Streuselkirschkuchen und Milchkaffee in Pappbechern vom Bäcker. Über uns ziehen kleine weiße Wolken über den hellblauen Himmel wie Papierschiffchen über einen riesigen See. Neben uns plätschern feine Mini-Fontänen aus dem weißen Stein.

»Und dann kann man das überall kaufen, dein Album?«, fragt Frau Wehmann. »Das ist ja klasse, wirklich Jussi, ganz toll finde ich das.«

»Ich auch«, sagt Vater und hält seinen Becher hoch zur Bestätigung.

»War ein langer Prozess«, sage ich. »Mein Agent meinte am Ende …«

»Du hast einen Agenten?«, spricht Frau Wehmann aufgeregt dazwischen.

»Ja, Martin Groba, der hat schon …«

»Den kenn ich!«, ruft Frau Wehmann begeistert. »Entschuldige, ich wollte dich nicht unterbrechen, aber den kenne ich wirklich, also, nicht persönlich, aber ich habe mal Post von ihm bekommen.«

»Von Martin Groba?«, frage ich.

»Ja, das ist schon sehr lange her, hihi«, lacht Frau Wehmann in eine schnell vor den Mund gehaltene Hand, so habe ich sie noch nie gesehen, »bestimmt schon fünfzehn Jahre ist das her, damals wollte ich unbedingt ein Autogramm von Danni Pirsch, und dann habe ich einen frankierten Umschlag an die Adresse aus der Fernsehzeitschrift geschickt, und als die Autorgrammkarte kam, war auf dem Umschlag ein Stempel: Martin Groba Management, das weiß ich noch genau, das fand ich ganz aufregend damals, hihi.«

»Wusste gar nicht, dass Sie auf Schlager stehen«, grinse ich.

»Also, die Danni Pirsch war schon sehr besonders. Die war nicht wie die anderen Schlagersängerinnen.«

»Ja«, sage ich, »hab ich schon gehört.«

»Siehst du«, sagt Frau Wehmann und ist immer noch ganz angetan, dass ihr Martin Groba nun schon zum zweiten Mal im Leben erscheint.

»Jedenfalls meinte Martin, dass man noch nicht sagen könne, ob die Leute es kaufen werden oder nicht.«

»Das wusste man bei *Sternenfängerin* aber auch nicht«, sagt Frau Wehmann, »und dann war das ein Riesenerfolg! ›Ich fang dir die Steeerne, ohoho …‹.«

»Unvergesslich«, sage ich, und Vater und ich grinsen uns an.

»Dann sag doch mal«, sagt Vater, »was kriegt man denn, wenn man dein Album kauft?«

»Schnulzen, meint Hella«, sage ich.

»Hella?«

»Die Barfrau aus dem *Flamingo*. Die reist viel mit mir.«

Frau Wehmann flüstert: »Ist sie hübsch?«

»Frau Wehmann!«

»Hihi«, kichert sie erneut. Seit zu Hause alles etwas anders ist, lebt auch sie auf, wirkt erleichtert und fröhlich.

»Und was meinst du?«, fragt Vater.

»Tja«, sage ich, »weiß ich auch nicht … vielleicht …

Pop? Wenn ich's unbedingt sagen müsste, dann wahrscheinlich Pop, ja.«

»So in die Richtung Sasha?«, fragt Frau Wehmann. »Das ist doch Pop, oder liege ich da falsch?«

»Nee, nee«, sage ich schnell, um Frau Wehmann nicht zu enttäuschen, »die Richtung stimmt schon, nur ... also ... noch ein bisschen anders.«

»Noch besser?«

»Das müssen Sie sagen, wenn Sie das Album gehört haben.«

»Wann können wir es denn mal hören?«, fragt Vater.

»Jetzt zum Beispiel«, sage ich und sehe Vater und Frau Wehmann nacheinander fragend an.

»Ich bin ganz aufgeregt!«, sagt Frau Wehmann und klingt auch so.

»Dann leg die CD doch mal ein und lass die Terrassentür weit auf«, sagt mein Vater.

Im Wohnzimmer ziehe ich eines der zwanzig fertigen Alben, die *World Records* an Martin geschickt hat, aus der Tasche und schalte die Musikanlage ein, die neben der Wanduhr steht. Ich bin nervös. Gleich wird Vater, der immer gegen meine Musik war, der alles wollte, aber nicht, dass sein Sohn Musiker wird, hören, wofür mein Herz schlägt. Aus den Lautsprechern dringen die ersten Akkorde von »Anleger«, die ersten Worte, und ich beeile mich, gehe schnell zurück auf die Terrasse, um bei Vater und Frau Wehmann zu sein und ihre Gesichter zu sehen.

27

»Wenn ich Hügel sage, ruft ihr Super-Hügel!«

Ein Mann, Mitte, Ende vierzig, Halbglatze, kinnlange Koteletten, weißes Hemd, helle Jeans, hat sich dem *Sonntagsterrassen*-Publikum vor wenigen Minuten als Ingo, der Lustmacher, vorgestellt und gibt seitdem marktschreierisch und ohne Pause den Ton an auf dem Sendegelände. Seine Aufgabe: die rund zweitausend vor allem älteren Gäste auf die Show einstimmen. Seine Methode: der Dialog.

Er steht vor einem der insgesamt vier Zuschauerbereiche, einer erhöhten Grünfläche, auf der Hunderte Menschen aufstehen und die Arme heben und eben, so laut sie können, »Super-Hügel« rufen sollen, wenn er sie auffordert. Ein Top-Warmmacher, dieser Lustmacher, meinte Martin, der Ingo bei unserer Ankunft mit einer herzlichen Umarmung begrüßte.

»Und wenn ich sage: Welle für Ingo!, steht ihr zuerst auf«, Ingo deutet auf die ganz links sitzenden Tribünengäste, »dann ihr«, er zeigt auf den Mittelteil der Ränge, »und dann ihr«, sein Finger wandert in der Luft bis zum anderen, äußeren Ende, »und dann macht ihr aber mal so was von eine Welle und ruft hey!, dass die Manuela in der Garderobe vom Schminkstuhl kippt. Also, aufgepasst: Welle für Ingo!«

Das Publikum gehorcht zurückhaltend, eine eher

schleppende, halbhohe Welle schwappt über den Hügel, und ein dumpfes »Hey« schallt über das Areal, auf dem es neben der kreisrunden Hauptbühne, auf der Ingo steht, noch eine weitere, kleinere Empore und einen Swimmingpool gibt. Rund um die Hauptbühne sitzt das Publikum, legt sich wie ein Rettungsring um das Herz des *Sonntagsterrassen*-Geschehens. Nicht zu vergessen: die Sonntagsterrasse an sich, ein Holzplateau gegenüber dem Hügel, auf dem es Familientische und ein kleines Café gibt.

»Hier wird Geschichte geschrieben«, sagt Martin, der neben mir am Bühnenrand steht.

Wir sind zu zweit hergekommen. Hella muss im *Flamingo* eine Doppelschicht machen. Also verfolgen nur Martin und ich, wie Ingo zu Hochform aufläuft. Er läuft jetzt tatsächlich, und zwar vom Hügel zur Terrasse, zur kleinen Tribüne, zum Pool, begleitet von vorwiegend beigefarbenen Menschenwellen und schon lauteren Hey!-Rufen.

»Wer hier schon alles aufgetreten ist!«

»Danni Pirsch zum Beispiel, was Martin?«

»Die war schon groß, das stimmt, aber hier wurden noch ganz andere Stars geboren.«

Weiter kommt unsere kleine *Sonntagsterrassen*-Unterhaltung nicht, denn vor uns springt plötzlich Ingo auf und ab und zeigt auf mich: »Wen haben wir denn hier? Liebes Publikum, nicht zu glauben, wen ich gerade entdeckt habe. Vor mir steht einer unserer heutigen Gäste und ein ganz besonderer dazu.«

Fragend sehe ich Martin an. Der zuckt nur mit den Schultern.

»Es ist ein Newcomer, ein Youngstar, ein echtes Talent, ein junger Bursche, von dem wir noch ganz, ganz viel hören werden. Bitte begrüßt mit einem großen Applaus Justus von Schweben!«

Die *Sonntagsterrassen*-Menschen klatschen tatsächlich.

»Komm doch mal kurz hoch, lieber Justus, nur kurz, damit unser liebes Publikum schon mal den Jungen kennenlernen kann, der hier später für Gänsehaut sorgen wird.«

Ingo streckt die Hand zu mir aus, und bevor ich Martin fragen kann, was das soll, gibt der mir einen kräftigen Schubser nach vorn, dass ich gar nicht anders kann, als nach Ingos Hand zu greifen, und der Lustmacher zieht mich mit einem Schwung hoch.

»Hier, nur für euch, der neue Stern am Schlagerhimmel: Justus von Schweben! Sag uns, lieber Justus, womit wirst du unsere Schlagerherzen heute höher schlagen lassen?« Ingo hält mir das rot-weiße Sendermikro unter die Nase.

»Na ja«, sage ich verlegen lächelnd, »also ... Schlager ... eigentlich ist das ja mehr so ...«, stammele ich ins Mikro, und als ich kurz zu Martin sehe, wedelt der aufgeregt mit den Armen und schüttelt den Kopf, von seinen Lippen lese ich ein sich wiederholendes, deutliches »Nein« ab. Anscheinend soll ich mitspielen bei dem, was Ingo hier mit mir macht, mitspielen und ruhig bleiben und auf keinen Fall Einwände haben gegen das, was er sagt, das kommt hier nicht gut, Ingo ist schließlich der, auf den die Leute hören, auf den der ganze Super-Hügel hört, Super-Ingo, wenn man so will, Super-Ingo hat die Macht.

»Mein Song heißt ›Wo bist du jetzt?‹«, sage ich.

»Ein Traum von einem Song ist das«, sagt Ingo mit Blick in die Menge, »eine Ballade zum Dahinschmelzen, so viel schon mal vorweg, und ich würde den Justus beim Singen gern ein wenig unterstützen. Dazu bräuchte ich allerdings eure Hilfe. Würdet ihr Justus nachher einen Gefallen tun? Würdet ihr ihm ein bisschen zur Seite stehen, diesem sympathischen, jungen Mann?«, fragt Ingo und legt einen Arm um mich. »Wär das möglich, ja?«

Das Publikum signalisiert seine Bereitschaft durch lockeren Applaus.

»Justus, mein Lieber, was sagst du zu so viel Zuspruch schon vor deinem Auftritt? Ist das der Wahnsinn, frag ich dich?«

»Super«, sage ich und zeige irgendwie automatisch einen erhobenen Daumen Richtung Publikum.

»Also«, zieht Ingo sein Ding weiter durch, »wir machen's so: Wenn der Justus den Refrain von seinem Lied anstimmt, wenn's also mal so richtig was mit Gefühl gibt, möchte ich eure Arme sehen, und zwar alle Arme, von links nach rechts, möchte ich sie sehen, hin und her, immer im Takt«, sagt Ingo und schwenkt dabei seinen freien Arm über dem Kopf hin und her, und das Publikum macht einfach mit, »genauso, ja, habt ihr das vorher schon geübt, oder was?«

Aus dem Publikum kommt kollektives Lachen.

»So, und jetzt machen wir's mal, wie's später sein soll, Justus singt, ihr schwenkt, und dann schauen wir, wie das wird, also, auf drei, zwei, eins ...«, sagt Ingo so schnell, dass ich nicht mal darüber nachdenken und schon gar nichts dagegen sagen kann, was er jetzt von mir verlangt.

Erneut hält er mir das Mikro hin, und ich mache es einfach, ich singe:

Und wo bist du jetzt
Wenn wir dich brauchen
Deine Stimme, deine Geschichten
Deine lieben Augen
Wo bist du jetzt
Wenn wir einsam sind
Kannst du sehen
Wenn da Tränen sind
Wir haben dich verlor'n
Du fehlst uns so

So unnötig ich diesen Auftritt auch finde: Während ich gesungen habe, haben vor mir zweitausend Leute den Scheibenwischer gemacht, und das war schon nicht schlecht, das gebe ich zu, genau wie der Applaus, der jetzt kommt und in den sich der Lustmacher mischt: »Nur Profis am Werk, hier auf der *Sonntagsterrasse,* großes Kompliment, meine Hochachtung, ich ziehe den Hut. Was sagst du dazu, lieber Justus?«

»Der pure Wahnsinn«, sage ich und winke mit erhobenem Arm der Menge zu, was Ingo sofort ausnutzt, er greift nach der Winkehand, und gemeinsam stehen wir nun da, Händchen haltend, wie zwei erfolgreiche Sportler vor ihrer Fankurve.

»Der pure Wahnsinn, findet Justus von Schweben, und wisst ihr, was er hat, unser neuer Goldjunge im

Schlagerparadies, wisst ihr, was er hat? So was von recht hat er, das sag ich euch!«

Ingo grinst mich künstlich an, und mit hinter den Rücken gehaltenem Mikro sagt er mir ins Ohr: »Noch mal fix winken und dann runter von der Bühne.«

Etwas erstaunt, aber auch grinsend, sehe ich Ingo an, und jetzt reicht es mir doch, jetzt ist es auch mal gut, irgendwann muss auch Super-Ingo Grenzen kennenlernen, denke ich, und meine ist genau hier erreicht. Nachdem ich noch einmal kräftig nach allen Seiten gewunken haben, nehme ich den Lustmacher fest in den Arm und kneife ihm mit zwei Fingern unbemerkt in den Hüftspeck. Ingo erschrickt, zuckt kurz zusammen. Noch einmal grinsen wir uns an. Dann ist erstmal Schluss. Schluss mit der Show.

Wieder unten, lächele ich noch einen Moment lang, denn ich sehe mein Gesicht auf der großen LED-Leinwand, die über dem Super-Hügel zwischen zwei Gerüsttürmen hängt. Als die Kamera wieder zu Ingo schwenkt, lächele ich nicht mehr, drehe mich zu Martin und kneife auch ihn.

»Was denn?«, fragt er.

Ich zeige auf Ingo und sehe Martin mit weit aufgerissenen Augen an.

»Der ist gut, oder?«, sagt Martin.

»Super-Ingo?«

»Hat seinen Namen völlig verdient.«

»Martin!? Hallo!? Neuer Stern am Schlagerhimmel!?«

»Nimm's als Kompliment.«

»Wie kommt der überhaupt auf den Mist? Hat der mich schon mal irgendwann irgendwo gehört?«

»Jussi, jetzt komm mal wieder runter.«

»Komm mal selbst wieder runter! Findest du das auch noch gut, oder was?«

»That's Showbiz, buddy.«

»Ein Scheiß-biz ist das.«

»Du siehst das viel zu eng.«

»Die verarschen mich doch nur!«

»Warte mal, bis Manuela kommt, die wirst du mögen.«

»Die hat doch auch einen an der Waffel.«

»Die ist voll nett.«

»So nett wie Super-Ingo, oder was?«

»Jetzt lass mal Ingo aus dem Spiel, der macht doch auch nur seinen Job.«

»Arschgeige.«

»Ich?«

»Ingo.«

»Wir trinken später mal ein Bier mit dem. Wirst schon sehen, der ist echt okay.«

Eine Viertelstunde später. Ich bin in einem der kleinen, weißen Container, die am Rand des Geländes für Mitarbeiter und Künstler aufgestellt sind. Ich sitze auf dem Schminkstuhl. Im Spiegel sehe ich meinen Kopf, der aus dem schwarzen Umhang herausguckt, den Luca mir angelegt hat. Luca ist Halbitaliener, hat er mir gleich zur Begrüßung erzählt. Er ist etwa so alt wie ich, dünn, sehr dünn, fast dürr, trägt eine abgeschnittene graue Jeans und ein hautenges, seinen zarten Körperbau noch unterstreichendes Trikot mit Reißverschluss vom Kragen bis kurz unter die Brust, wie ich es von Radrennfahrern kenne. Seine langen, schwarzen Haare werden von einem grünen Bändchen, das Luca sich um die Stirn gebunden hat, von seinem Gesicht ferngehalten. Große, weiße Tunnels dehnen seine Ohrläppchen. Luca pudert und pinselt und macht hier und da an mir herum und nennt mich dabei ständig Schätzchen. »Du bist ja eigentlich naturschön, Schätzchen ... Wir machen nur ein bisschen was, Schätzchen ... Das betont deine Sweetness, Schätzchen ... Jetzt mal kurz die Augen schließen, Schätzchen, ich bin auch ganz vorsichtig.«

Luca und ich kommen vielleicht nicht vom selben Stern, aber im *Sonntagsterrassen*-Kosmos ist er bisher der erste nette Mensch, auf den ich treffe. Irgendwie echt. Bei ihm mache ich gerne alles mit. Meine Augen folgen seinen flinken Händen, die auf dem kleinen Tisch vor mir zielsicher nach cremefarbenen Döschen, Sprays und Stiften greifen. Luca weiß genau, was er tut. Finde ich irgendwie gut. Das schmächtige Kerlchen mit dem sehr eigenen Modegeschmack sagt mir zu. Ich bin anti *Sonntagsterrasse*, aber pro Luca.

»Fertig, Schätzchen, aber so was von«, sagt er mit den Händen noch in meinen Haaren, »and look at you!« Er zeigt mit dem Finger auf mein Spiegelbild. »Unbelievable, fast zu schön, um wahr zu sein.«

»Danke«, sage ich.

»Musste ja fast nichts machen, Schätzchen. Wie sieht's denn mit den Wängchen aus, ist dir das genug Rouge? Da geht auch noch mehr, what do you think?«

»Nee«, sage ich und sehe mir meine schon sehr roten Wangen an, »alles super, kann so bleiben.«

»Wäre sonst auch etwas knabenhaft«, sagt Luca, »das

passt gar nicht zu dir, hier sitzt doch längst ein ganzer Mann.«

Luca zwinkert mir kurz zu, und selbst das nehme ich gelassen und lächele ihn über den Spiegel an.

»Wen haben wir denn da?«, höre ich eine Frauenstimme in den Container rufen, »grüüüß dich, lieber Justus, ich darf doch du sagen?«

Manuela Vannhauser. Die *Sonntagsterrassen*-Moderatorin erscheint hinter Luca und mir im schneeweißen Bademantel und mit bunten Lockenwicklern in den Haaren. In einer Hand hält sie ein halbvolles Sektglas, in der anderen einen Stapel Moderationskarten, zumindest schätze ich, dass es Moderationskarten sind, denn die DIN-A5-großen Zettel sind auf der Rückseite mit dem *Sonntagsterrassen*-Logo bedruckt.

»Hallo«, sage ich, »und ja, klar, gerne du.«

»Fein, fein, fein, ich bin die Manuela«, sagt Manuela und küsst links und rechts neben meinem Gesicht in die Luft. »Mein Lieber, du, ich wollt nur kurz ein paar Details mit dir besprechen, aber ich seh schon, ihr seid noch mittendrin.«

Luca wirft Manuela einen gekränkten Blick zu.

»Ach, schon fertig? Prima, prima, prima. Dann hast du einen Moment, ja? Geht ganz schnelle, sind nur klitzekleine Dinge, nebensächlich eigentlich.«

»Können wir machen«, sage ich.

Luca schenkt mir drei schnelle Handküsschen über den Spiegel, dann verlässt er den Container, ohne ein Wort zu Manuela.

»Die Make-up-Artists sind heut schon speziell, gell?«, meint Manuela, als Luca es nicht mehr hören kann.

»Och, Luca find ich eigentlich sehr nett«, sage ich.

»Na ja«, sagt Manuela, »jeder nach seiner Fasson. Sag mal, magst du auch was trinken?«

»Danke, erstmal nicht.«

»Kleiner Lockermacher«, sagt Manuela und prostet mir zu.

»Prost«, sage ich.

»Zum Wohl«, sagt Manuela und trinkt das Glas in einem Zug leer. Sie stößt etwas unsanft auf. Dann nimmt sie einen der Stühle, die zusammengeklappt in einer Containerecke stehen. Sie hat Mühe, das Plastikteil aufzubauen, zieht und zerrt und drückt daran herum. »Gibt's denn so was«, sagt sie, aber es will einfach nicht klappen, »saublödes Ding, du.«

Ich helfe Manuela und baue den Stuhl auf.

»Ja, super«, sagt Manuela, »ein Multitalent!«

Sie zieht den Stuhl nah an meinen heran und setzt sich.

»Machen wir's kurz, oder?«, sagt sie, und bevor ich etwas erwidern kann, spricht sie weiter: »Um 11 Uhr 15 kommst du auf die Bühne, ich kündige dich an, superdupertolles Talent, blablabla, kennst du ja, und du kommst dann raus und winkst und setzt dich hin, singst dein Liedchen, die Mädels machen den Rest. Danach komm ich kurz zu dir, toll, dass du da bist, blablabla, der übliche Blödsinn, seit wann singst du?, schon immer, blablabla, und am Ende …«

»Warte mal«, gehe ich dazwischen, »stopp mal kurz.«

Manuela sieht mich an, als wäre die Unterbrechung nun wirklich nicht nötig. Ist sie aber, finde ich, ziemlich sogar.

»Du meintest gerade: Die Mädels machen den Rest.«

»Ja, klar, sind ja Profis.«

»Profis worin?«

»Wie, worin?«

»Du meintest, die sind Profis, und ich meinte, worin?«

Langsam werde ich etwas ungehalten, das merke ich selbst, aber ich habe auch keine Lust, mich hier weiter zu beherrschen, nicht hier, im Schminkcontainer neben Manuela Vannhauser, die irgendeinen Quatsch mit mir vorhat, ich ahne Böses. Die *Sonntagsterrasse* war eine Schnapsidee, schon klar, wusste ich von Anfang an, da waren einige unschöne Dinge vorprogrammiert, war mir alles bewusst, und damit konnte ich letztlich sogar leben. Aber irgendwann ist es auch mal gut, irgendwann muss man dazwischengehen, sonst erlauben die sich hier alles mit einem.

Manuela seufzt, streckt ihren Hals nach allen Seiten, dass es laut knackt, und legt wieder los: »Noch mal: Du gehst auf die Bühne, winkst, setzt dich hin, singst, alles andere machen die Mädels.«

»Ja«, sage ich, »genau das war meine Frage: Was ist alles andere? Und wer sind die Mädels?«

»Die Tänzerinnen! Und was die machen? Na, tanzen, hoff ich doch.« Manuela lacht ein hartes, verrauchtes Lachen, hustet, räuspert sich und zieht daraufhin tatsächlich den kleinen Eimer unter dem Schminktisch zu sich und spuckt hinein.

»Ich habe Tänzerinnen neben mir auf der Bühne?«

»Und was für welche«, sagt Manuela, zieht den weißen Frottee auf Brusthöhe etwas zur Seite und wackelt mit dem Oberkörper.

»Von Tänzerinnen wusste ich bisher nichts.«

»Kriegen hier alle, ist einfach besser.«

»Besser für wen?«

»Für den Zuschauer, der soll doch was kriegen für sein Geld.«

»Kriegt er doch, wenn ich spiele.«

»Ja, ja, ja, klar, absolut richtig, bitte nicht falsch verstehen. Nur: Wir sind ja eine Unterhaltungsshow, und da braucht's hier und da eben ein paar bunte Elemente.«

»Mein Song braucht keine Tänzerinnen.«

»Die sind der Hammer, mein Lieber, warte mal ab.«

»Kennst du den Song überhaupt?«

»Klaro, klaro, klarissimo, versteht sich doch von selbst. Aber die Mädels sind längst eingeplant, da können wir nichts mehr machen.«

»Ich singe nicht, wenn um mich herum getanzt wird.«

Manuela Vannhauser zuckt mit den Schultern, als wolle sie sagen: Keine Chance, Kleiner, überhaupt keine Chance.

»Ich muss noch mal mit meinem Manager sprechen«, sage ich.

»Mit Martin? Der hatte ja die Idee mit den Mädels. Der wollte sogar noch zwei mehr.«

»Arschloch.«

»Wie bitte?«

»Martin, meine ich.«

»Supi, supi, supi, dann haben wir's ja hier, oder?«

»Sieht so aus.«

Einen Moment lang sehen wir uns an. Manuela grinst. Ich nicht. Ich sage auch nichts mehr. Bringt ja doch nichts, gegen Manuela Vannhauser kann ich hier nichts ausrichten. Hier herrschen ihre Gesetze. Das *Sonntagsterrassen*-Land ist ihr Land. Ihr Hoheitsgebiet. Komme, wer wolle. Jede Diskussion mit ihr: aussichtslos. Also bleibe ich ruhig. Kein Wort mehr von mir. Nur Manuela Vannhauser fällt noch eins ein. Weiterhin grinsend und anscheinend sehr guter Dinge, lehnt sie sich auf ihrem Plastiksitz zurück und hat eine letzte Frage an mich. Eine, die ich eigentlich nur mit Ja beantworten kann. Fast eine rhetorische Frage, so selbstverständlich ist meine Antwort, gerade jetzt, nachdem ich hier nichts mehr tun kann.

Manuela Vannhauser streckt die Beine weit nach vorne, rutscht etwas nach unten, legt den Kopf in die Hände. Zufrieden sieht sie mich an: »Sektchen?«

»Hiii, ich bin die Chrissie!«

»Linda, hiii!«

Ich hätte nicht gedacht, dass dieser Vormittag noch absurder werden könnte. Das bisher Erlebte hat längst all meine Befürchtungen bestätigt, ach was, getoppt, mehr ging eigentlich nicht. Eigentlich. Denn als ich kurz nach elf hinter dem Super-Hügel auf meinen Auftritt warte und erstmals auf die beiden Mädchen treffe, die gleich mit mir auf die Bühne gehen werden, wird mir klar: Ich habe die Rechnung ohne die *Sonntagsterrasse* gemacht. Vor mir stehen zwei platinblonde junge Frauen in silbernen Hotpants und Bikinioberteilen, sehr knappen Bikinioberteilen, so knapp, dass die älteren Zuschauer, also die meisten im Publikum, sich auf den einen oder anderen Schockzustand gefasst machen können. Zudem ist die Haut der beiden dermaßen künstlich gebräunt, dass ich daneben so bleich aussehe, als würde ich jeden Moment umkippen. Dazu tragen Chrissie und Linda knallrote High Heels, deren dünne Riemchen bis fast zu den Knien hochgehen.

Sicher, die beiden halbnackten Glitzerdamen sind nett, wirklich, und hübsch sind sie auch, keine Frage. Nur passen sie weder zu mir noch zu meiner Musik, noch zu irgendetwas, das auch nur annähernd mit mir zu tun hat. Ich sehe sie schon neben dem Rhodes mit ihren Hintern wackeln, mit den Armen schwenken, die Zuschauer zum Mitklatschen animieren, auch wenn es nichts, aber auch gar nichts zum Mitklatschen gibt. Während ich von größter Trauer singe, werden sie sich strecken und hüpfen und bücken und damit so manchen Rentner ins Staunen versetzen. Der *Sonntagsterrassen*-Alptraum nimmt seinen Lauf.

»Hallo, ich bin Jussi«, sage ich und gebe Chrissie und Linda die Hand.

»Voll cool, deine Musik«, sagt Chrissie, »voll Gefühle und so.«

»Find ich auch«, sagt Linda.

Seitdem wir hier zusammen stehen, tragen die beiden ein Lächeln im Gesicht, das wie eingraviert aussieht. Sie lächeln ohne Pause. Stehen kerzengerade, die Hände in die Hüften gestemmt. Wie Models bei einem Schönheitswettbewerb. Ich frage mich, was Chrissie und Linda sonst so machen, also wenn sie nicht gerade zu meiner Musik tanzen, seltsam genug, denke ich, dass sie mit mir eine Bühne teilen, aber was tun die beiden wohl noch alles, um Geld zu verdienen? Bilder von Großraumdiskos schießen mir in den Kopf, von Table-Dancing in

Käfigen, Schaumpartys und Tresen-Shows mit Schampusspritzen.

»Unser erstes Mal auf der *Sonntagsterrasse*«, sagt Chrissie, »voll aufregend, echt.«

»Glaub ich«, sage ich, »aber wird schon werden, wir sind ja zu dritt.«

»Wir heizen denen richtig ein«, sagt Linda.

»Super«, sage ich.

»Wir haben voll die neue Choreo, voll glamorous, ehrlich«, sagt Chrissie, und Linda meint: »Die passt auch voll zu deinem Song, richtig gut passt die, ich mein: krass ey! Wir kannten den bis eben gar nicht.«

»Wen?«

»Deinen Song!«

»Ach.«

»Ja, echt! Und geht trotzdem voll klar«, sagt Chrissie, »aber auch voll peinlich jetzt, ey, ich frag einfach mal: Kannst du das da in der Mitte bisschen schneller spielen? Das ist voll langsam, ehrlich, das sieht voll doof aus, wenn wir dann auch so langsam tanzen. Also, geht das? Das geht doch, oder?«

»Ich soll den Mittelteil schneller spielen, damit ihr besser dazu tanzen könnt?«

»Wär voll kollegialisch, echt.«

»Ja, dann«, sage ich.

»Eeecht? Oh, voll cool!«

»Nein, nein«, sage ich schnell und will den beiden noch sagen, dass die Musik nicht live sein wird und ich gar keine Möglichkeit haben werde, schneller zu spielen, als wir schon Manuela Vannhauser übers *Sonntagsterrassen*-Gelände rufen hören: »Er ist neu, er ist gut, und er ist so was von bereit. Einen ganz herzlichen Applaus für unseren Justus von Schweben aus Berlin, von dem wir Schlagerfans noch so, so, so viel hören werden. Hier ist er, zum allerersten Mal auf der großen *Sonntagsterrassen*-Bühne mit seinem Lied ›Wo bin ich jetzt?‹«

Genau das frage ich mich auch, als ich mit den beiden wild ins Publikum winkenden und einen Eins-a-Catwalk hinlegenden Tänzerinnen auf die Bühne komme. Von sämtlichen Rängen schwappt Applaus zu uns rüber, Jubelrufe und wohl nett gemeinte Pfiffe. Ich setze mich ans Rhodes, das direkt vor dem Swimmingpool steht und das irgendwer ohne mein Wissen mit Silberfolie umwickelt hat, das sehe ich erst jetzt, ich kann es kaum fassen. Ganz im Gegensatz zu Chrissie und Linda. Die scheinen von der Deko wenig überrascht, streichen beide mit einer Hand lustvoll über das völlig entstellte Instrument und gehen in ihre Startpositionen: Die Beine weit auseinander und durchgestreckt, beugen sie sich nach vorn und umfassen mit den Händen die Schuhriemchen.

Verabredet war Halb-Playback, meine einzige Bedingung: Die Musik kommt vom Band, aber ich singe live. Doch nachdem die ersten Akkorde aus den Bühnenboxen kommen, schallt aus denen auch meine Stimme. Mein Mikro ist aus, mein Live-Gesang nicht zu hören. Chrissie und Linda sind schon voll dabei, lächeln und tanzen etwa doppelt so schnell, wie es der Song hergibt, wenn der denn überhaupt irgendetwas Tanzbares hergibt, auf jeden Fall tanzen die beiden und sehen gar nicht so schlecht aus dabei, das muss ich zugeben, ich muss mich ja nicht groß aufs Rhodes-Spielen oder Singen konzentrieren und nur ab und zu in die Kamera sehen, weshalb ich genug Zeit habe, der Choreo von Chrissie und Linda zu folgen. Synchron ziehen sie ihr Ding durch, räkeln sich mal auf dem Boden und springen mal in die Luft. Springen scheint ihre Lieblingsbewegung zu sein, selbst als ich von Tränen der Trauer singe, hüpfen Chrissie und Linda fröhlich dazu herum. Nur die Bridge kann ich ihnen nicht bieten, wie sie es gerne hätten. Playback bleibt Playback. Aber Chrissie und Linda bleiben auch bei ihrer Choreo. Es wird immer wilder. Bevor das Ganze völlig aus den Fugen gerät, ist der Song glücklicherweise aus. Chrissie und Linda verbeugen sich kurz, bevor sie sich neben mich stellen und präsentierende Posen einnehmen. Ich stehe auf, nicke höflich ins Publikum, das einen starken Applaus angestimmt hat.

»Das war er, unser Youngstar! Justus von Schweben! Justus, mein Lieber, komm zu mir«, ruft Manuela Vannhauser mir von der gegenüberliegenden Poolseite zu, und natürlich höre ich auf sie.

»Sag einmal, Justus, jetzt bist du zum allerersten Mal bei uns auf der schönen *Sonntagsterrasse,* wie gefällt's dir denn so?«

»Super«, sage ich und lege dabei sogar einen Arm um Manuela Vannhauser. Damit hast du nicht gerechnet, denke ich, jetzt, kurz vorm Ziel, mache ich doch nicht schlapp, im Gegenteil, jetzt gebe ich noch mal richtig Gas. »Hab mich sofort wie zu Hause gefühlt«, sage ich und winke mit der freien Hand ins Publikum.

»Da freuen wir uns aber, oder, meine Damen und Herren? Noch einmal einen Riesen-, Riesen-, Riesenapplaus für unseren Justus!«

Das Publikum gehorcht.

»Justus, seit kurzem hast auch du einen festen Platz im deutschen Schlager eingenommen, wie fühlt sich das an, plötzlich berühmt zu sein?«

»Na ja, liebe Manuela, berühmt, davon bin ich ja noch weit entfernt.«

»Nicht so bescheiden, Justus, immerhin stehst du schon hier mit mir auf der *Sonntagsterrassen*-Bühne!«

Wieder Applaus von den Rängen. Ich winke zu allen Seiten.

»Das stimmt natürlich und ganz ehrlich, Manuela: Hätte mir vor einigen Monaten auch nur einer erzählt, ich würde heute hier mit dir stehen, hier vor diesem Super-Publikum, ich hätte ihm gesagt: Hey, du spinnst ja, du bist ja verrückt! Das hätte ich ihm gesagt: Verrückt bist du ja!«

Gelächter. Klatschen.

»Also, liebes Publikum, ein Traum wird wahr, hier auf der *Sonntagsterrasse,* hier werden Stars geboren, hier treten sie auf, und hierher kommen sie zurück, weil's hier doch immer noch am schönsten ist. Gell, ist doch so, oder?«

In diesem Moment sehe ich Ingo, der, von den Kameras nicht erfasst, die Reihen am Super-Hügel entlangläuft und die Zuschauer zur Welle auffordert.

»Schau dir das an, lieber Justus«, sagt Manuela und deutet auf die sich erhebenden Zuschauer, »ist das nichts?«

»Du hast es schon gesagt«, sage ich, einen Arm weiter um Manuela Vannhauser gelegt, »ein Traum wird wahr.«

28

Siebter Stock, *World Records*-Hochhaus. Ich sitze an einem ovalen Tisch des kleinen Konferenzraumes, der an diesem Tag für mich reserviert ist. Es ist Interviewtag, und vor mir sitzt eine junge Bloggerin, Bianca, um die zwanzig, schätze ich. Bianca trägt ein schwarzes Sommerkleid mit weißen Pünktchen, dazu rote Ballerinas. Ihr Gesicht wird fast komplett von einer riesigen Hornbrille umrahmt. Ihre blonden Haare hat sie zum Dutt gebunden. Bianca schreibt »über die besten Hypes aus Mode und Musik«, sagt sie mit einem gewissen Stolz in der Stimme. Eigentlich so gar nicht meins, Mode- und Musik-Hypes, aber natürlich zeige ich das nicht, ich mache mit, so wie ich schon bei den vorherigen fünf Interviews mitgemacht habe, von denen auch nicht alle nach meinem Geschmack waren. Promo ist wichtig, meinte Martin einmal mehr, kurz vor dem Interviewtagstart, Promo muss gemacht werden, scheißegal wie, und ich weiß es ja selbst, längst ist mir klar, dass ich um das Werbe-Trara nicht herumkomme.

Bevor wir anfangen, hat Bianca noch was für mich.

»Bitte schön, für dich«, sagt sie und hält mir eine kleine, grüne, quadratische Schachtel unter die Nase.

Die Schachtel ist erstmal unscheinbar. Es steht nichts drauf, es gibt keine Aufkleber, nichts. Hinweise auf ihren Inhalt: Fehlanzeige.

Ich bin etwas skeptisch, was das grüne Ding angeht, aber ich freue mich natürlich künstlich darüber: »Oh, das ist ja mal eine Überraschung«, sage ich, »voll toll«.

Das ist Interviewregel Nummer 3. Hat Martin neulich erst aufgestellt. Vergiss Interviewregel Nummer 1 und 2, hat er gesagt, und sei einfach unfassbar nett.

Ich lege die Schachtel vor mir auf den Tisch, reibe mir in gespielter Vorfreude die Hände. »Uiuiui«, sage ich, »da bin ich jetzt aber gespannt«, und Bianca macht mit zwei Fingern einen Trommelwirbel am Tischrand.

Langsam nehme ich den flachen Deckel ab. Im dunklen Inneren der Schachtel blitzt etwas Handgroßes, Goldenes auf. Etwas mit Ohren, Augen und Pfoten. Eine Pfote winkt mir freundlich entgegen.

»Das ist eine Manekineko, eine Katze, die bringt Glück«, sagt Bianca und macht mit einem Arm die Winkbewegung nach.

Ich nehme die Katze aus der Schachtel und stelle sie vor mich auf den Tisch. Mit ihren großen Katzenkulleraugen sieht sie mich an. Und hört mit dem Winken gar nicht mehr auf.

»Ich dachte«, sagt Bianca, »weil du immer so traurig bist.«

»Bin ich das?«, frage ich, nun doch etwas irritiert.

»Na, in deinen Liedern. Da kommen einem ja selbst oft die Tränen.«

»Ach so«, sage ich schnell, »ja, das Pech, das klebt irgendwie an mir.«

Das war gut, denke ich, das hat Bianca bestimmt gefallen. Das hat sie bestätigt, und Bestätigung ist die halbe Miete beim Einhalten von Interviewregel Nummer 3, meinte Martin, immer schön bestätigen, dann klappt das auch mit den Interviews.

»Weiß auch nicht, warum alles immer schieflaufen muss«, setze ich noch einen drauf. Mit Erfolg.

»Och Mensch«, sagt Bianca und sieht mich mitleidig an, »aber jetzt wird es besser, ganz bestimmt, die Manekineko gibt dir Kraft.«

»Das wäre schön«, sage ich mit gesenktem Blick. Langsam finde ich meine Vorstellung ziemlich befremdlich, aber was soll's, denke ich, gehört eben dazu, und ich bin fest entschlossen, weiter alles zu tun, um nicht noch mal in einem Interview unterzugehen. Ich mache das alles schließlich für mich, meinte auch Martin, und deshalb bleibe ich dabei, zumindest für Bianca, ich bleibe der tieftraurige Held, den sie in mir sieht. Bestätigung, Bestätigung, Bestätigung, hämmere ich mir noch einmal in den Kopf, ich muss Bianca bestätigen, so peinlich es auch ist, ich muss.

»Wo du auch bist«, sagt Bianca, »die Manekineko wird dich begleiten. Sie wird immer bei dir sein. Und sie sieht alles.«

Langsam wird's unheimlich, denke ich, aber natürlich sage ich das nicht. Ich sage: »Ich werde auch immer an sie denken. Meine kleine Schutzkatze.«

»Du musst ihr natürlich noch einen Namen geben.«

»Natürlich«, sage ich, »warte mal ...« Ich sehe der Goldkatze tief in die gemalten Augen. »Wie wär's mit Tiffany?«

Bianca lächelt, nickt und, wenn ich richtig sehe, zwinkert mir einmal kurz zu.

»Prima, dann hole ich jetzt mal Toni raus«, sagt sie.

»Toni?«

»Na, mein Tonbandgerät. Ton? Toni?« Bianca sieht mich fragend an.

»Aaah«, sage ich, »verstehe«, und ich zeige Bianca einen erhobenen Daumen, wenn ihre Toni-Taufe auch alles verdient, denke ich, aber keinen erhobenen Daumen. Aus ihrer orangefarbenen Umhängetasche zieht Bianca zuerst einen Notizblock mit pinkfarbener Spirale und dann ein winziges, silbernes Aufnahmegerät.

»Achtung!«, sagt Bianca, »gleich piepst's!« Bianca drückt einen Knopf auf Toni. Es piepst. »Los geht's«, sagt sie.

»Bin bereit«, sage ich.

»Das Wichtigste zuerst: Dein richtiger Name.«

»Mein richtiger Name?«

»Na, Justus von Schweben, das ist doch ein Künstlername, so heißt doch keiner. Justus von Schweben ... das klingt wie ...«, Bianca legt einen Finger auf die Lippen und sieht zur Decke, »... wie irgendeiner aus 'ner Soap oder so.«

»Ich heiße ja tatsächlich so«, sage ich.

»Quatsch«, sagt Bianca, lacht und wischt mit einer Hand durch die Luft, »du kleiner Schwindler.«

Ich runzele die Stirn, sehe Bianca einerseits fragend, anderseits fast bittend an, nicht böse zu sein, dass ich heiße, wie ich eben heiße, so stark ist mein Drang, ihr entgegenzukommen, Bestätigung, denke ich, Jussi, gib alles.

»Ganz ehrlich?«, fragt Bianca immer noch ungläubig.

»Ganz ehrlich«, sage ich.

Bianca sagt nichts mehr. Misstrauisch sieht sie mich

an. Sie scheint zu zweifeln. Nur kurz. Dann sagt sie: »Cool. Hab ich echt nicht gewusst. Ein richtiger Von-und-zu! Trifft man auch nicht alle Tage.«

Ich nicke wohlwollend. Bianca blättert die erste Seite ihres Blocks um. Einen Zeigefinger benutzt sie als Lesehilfe auf dem Papier, den anderen führt sie wieder Richtung Mund.

»Wann hast du angefangen, Musik zu machen?«, fragt sie, kneift die Augen zusammen und legt den Kopf leicht zurück.

Sie sieht mich an, als wäre nicht nur ihre Frage so gut, dass sie die Welt des Musikjournalismus‹ komplett auf den Kopf stellen wird, sondern als käme gleich auch noch eine Antwort, die für weitere Schlagzeilen sorgen kann.

»Mit sechs«, sage ich, und Biancas Gesichtsausdruck wechselt von siegessicher zu erstaunt.

»Äh ... ja ... und ... also ... was hast du damals gespielt?«

»Blockflöte.«

»Blockflöte?«

»Blockflöte.«

Bianca wirkt desillusioniert. Nervös blättert sie gleich mehrere Seiten im Block nach vorn, dann wieder ein paar zurück. Besser, denke ich, ich erlöse sie von dem Flötenschreck und erzähle von mir aus ein bisschen was.

»Waren nur zwei Jahre«, sage ich, »meine Eltern wollten das, ich wollte das nicht, also das mit der Blockflöte, ich hatte viel mehr Lust auf ...«

»Klavier!«, schießt es aus Bianca heraus.

»Auf Gitarre«, sage ich, »wollte ich unbedingt können. Ich hatte irgendwann mal Muse gesehen, eine Live-

Show im Fernsehen. Die fand ich so abgefahren, dass ich das unbedingt auch können wollte.«

Auch das war ein Tipp von Martin: »Lass bloß den EAV-Quatsch, das bringt dich nur in Teufels Küche, spar dir das, erzähl was von coolen Bands, irgendwas aus England oder so, scheißegal, ob du die mal mochtest oder nicht.«

»Muse?«, fragt Bianca entrüstet.

Jetzt geht das auch nach hinten los, denke ich, ich kann auch sagen, was ich will, mir glaubt man ja doch nicht, und wenn mir tatsächlich einer glaubt, der *Like*-Arsch zum Beispiel, passiert im Nachhinein irgendein Mist. So oder so, denke ich, aus der Muse-Nummer komme ich jetzt nicht mehr raus, also bleibe ich dabei, fasse mich aber kurz, schnell abfrühstücken und weiter, denke ich, besser ist das jetzt.

»Ja, kleine Schwärmerei«, sage ich, »aber gerade Mitte der Nuller Jahre mochte ich extrem viel, nicht bloß diese eine Band.«

»Welche deutschen Künstler mochtest du denn?«

»Einige«, sage ich, »Grönemeyer fand ich super, aber ich war auch Hip-Hop-Fan, stand auf Freundeskreis und so.«

»Max ist ja auch wirklich toll«, sagt Bianca, und ich erkenne in ihren glänzenden Augen, dass Max Herre für sie mehr war als für mich und es vielleicht immer noch ist.

»Ja«, sage ich, »ganz cool, der Typ.«

»Willst du mit dem nicht mal was zusammen machen?«

Bevor ich darauf antworten kann, antwortet Bianca einfach selbst. »Ey, ja klar willst du! Ich meine, ›Mitte-Liebe‹ feat. Max Herre! Mega! Das musst du machen, echt mal, hast du ihn schon gefragt?«

»Nee, ich kenne den ja gar nicht.«

»Der ist total nett, echt, mit dem verstehst du dich bestimmt.«

»Ihr kennt euch?«

»Sind bei Facebook befreundet.«

Da ist es schon wieder, das Glänzen in Biancas Augen.

»Mal sehen«, sage ich und spiele verlegen, weil man mich mit dem großen Max Herre in einen Topf werfen will.

»Und wenn du ihn siehst, grüß ihn mal von mir«, sagt Bianca, blättert eine Seite weiter, noch eine, sucht anscheinend danach, womit es jetzt weitergehen könnte, sieht schließlich wieder hoch, sagt: »Jetzt aber zurück zu uns.« Und zwinkert mir erneut zu.

Nachdem Bianca mit einer Viertelstunde Verspätung den Konferenzraum verlassen hat – ich musste noch auf der Promo-CD, auf dem CD-Pappschuber, auf dem Notizblock und auf der Rückseite von Toni unterschreiben, ein Selfie machen und ein Video-Jingle für den Blog aufnehmen (»hi, ich bin Justus von Schweben, viel Spaß auf bibis-hypemachine.de«) –, kommt Hella herein. Sie trägt ein ärmelloses, schlichtes schwarzes Shirt, eine helle, weite Jeanshose, die vorne auf Kniehöhe und hinten am Po lange, fransige Einschnitte hat, und an den Füßen weiße Flipflops. Ihre Locken hat sie an den Seiten straff nach oben gesteckt, so dass es aussieht, als habe sie einen breiten und turmhohen Irokesenschnitt.

Hella bringt ein Tablett mit einer Obstschale, einem Teller mit Keksen und zwei silbernen Thermoskannen herein. Sie stellt alles und direkt vor mir auf den Tisch.

Plopp!

Ich rutsche tief in meinen Bürostuhl.

»Machst du schon schlapp, oder was?«, fragt Hella und setzt sich auf den Stuhl, auf dem eben noch Bianca saß, kickt die Flipflops unter den Tisch und legt die Füße darauf.

»Das war gerade Bianca«, sage ich.

»Ich weiß«, sagt Hella, »ich hab ja mit ihr vorne gewartet, als der Typ von dieser einen Tageszeitung noch drin war. Fand ich ganz schön hohl.«

»Wen jetzt?«

»Bianca. Und was war eigentlich in dieser Box? Die hatte irgendwas für dich in dieser Box.«

»Katze«, sage ich nur.

»Die hat dir 'ne Katze geschenkt?«

»Heißt Tiffany. Und winkt. Im Moment allerdings nur in meinem Rucksack.«

»Sag ich doch, ganz frisch war die nicht.«

Wir grinsen uns an. Hella schenkt mir Kaffee ein. Dann steht sie auf und geht zur Tür. Noch einmal ploppt es.

»Ich schick dir mal die Nächste rein. Natalie. Die findet dich … warte …«, Hella spricht mit Piepsstimme weiter, »irgendwie putzig, zum Knuddeln, der Bursche.«

»Wo sie recht hat«, sage ich.

»Genau«, sagt Hella, geht raus und kommt kurz darauf mit Natalie wieder zurück.

29

Eine Woche später

Die nachgeholte Hamburg-Show war mäßig. Mäßig besucht, und mäßig war auch meine Leistung, das weiß ich selbst. Und als wäre das nicht genug, herrscht zwischen Hella und mir seit der Ankunft in Hamburg nahezu Eiszeit.

Während ich auf der Bühne am Rhodes saß, habe ich immer mal wieder zu ihr rübergesehen. Aber Hella schenkte mir keinen Blick. Sie war mit ihrem Handy beschäftigt. Und ab und zu drehte sie mir sogar den Rücken zu.

»Hast du vom Auftritt überhaupt was mitbekommen?«, frage ich sie, als wir im Innenhof des *Doggy*-Clubs stehen. Der ist voll mit Leuten, die jetzt im *Doggy* tanzen wollen. Es herrscht Samstagabendeuphorie. Kleine, aber dichte Rauchwolken steigen zwischen bunten Lampions in den schwarzen Himmel. Der Geruch von Gras mischt sich mit dem von Bier, Schnaps und Taurin. Hella und ich lehnen an einem der Stehtische, in deren Mitte ein zugeklappter Sonnenschirm steckt. Hella ist schon wieder in ihr Handy vertieft und scheint meine Frage nicht gehört zu haben, von ihr kommt als Antwort jedenfalls nur ein Blasenknall: plopp!

»Hella!?«

»Was denn?«

»Ich hab dich was gefragt.«

»Ja und? Ich mach hier gerade was anderes.«

»Machst du schon den ganzen Abend.«

»Was soll der Scheiß denn jetzt?«

»Stimmt doch!«

Hella schweigt und tippt auf dem Touchscreen herum.

»Ey!«, sage ich schon lauter.

»Alter!«, ruft sie genervt. »Lass mich mal in Ruhe.«

»Ist das der Ober-Boomerang, oder was?«

»Jussi, ganz ehrlich, leck mich am Arsch.«

Bevor ich dazu etwas sagen kann, geht Hella. Sie geht einfach weg. Sie verlässt mit schnellen Schritten den Innenhof, geht auf die Straße, ich hinterher.

»Spinnst du jetzt, oder was?«, rufe ich.

»Fick dich«, kommt von weitem zurück.

»Was soll das denn?«

Mitten auf der Straße bleibt Hella stehen, dreht sich um, sieht mich an und macht wurfartige Bewegungen in meine Richtung. »Fick dich, hab ich gesagt! Fick! Dich! Ich reise hier mit dir rum, mach alles für dich und darf nicht mal eine Textnachricht schreiben, ohne kontrolliert zu werden!? Fick dich!«

»Ich hab doch gar nichts gemacht!«

Hella ist schon wieder unterwegs, schlängelt sich um ein hupendes Auto herum zur anderen Straßenseite und läuft in die Dunkelheit.

»Warte mal«, rufe ich, jetzt auch laufend und das weiter hupende Auto aufhaltend, »ey!«

Ich sehe Hellas Haare unter den Straßenlaternen aufblitzen, nur kurz, Hella wird immer schneller, und ich habe Mühe, sie nach der nächsten Straßenecke nicht zu verlieren. Dann, endlich, bleibt Hella stehen, stützt sich mit den Händen oberhalb der Knie ab, ringt nach Luft.

»Du blödes Arschloch«, sagt sie, »du blödes Arschloch warst mal mein Held.«

»Was?«

»Hast mich schon verstanden.«

»Hella, was meinst du?«

»Ich hab dich gebraucht, und du warst da«, sagt Hella immer noch schwer atmend, und an ihrer Stimme höre ich, dass sie mit den Tränen kämpft. »Keine Ahnung, warum gerade du«, sagt sie.

»Weiß ich jetzt auch nicht«, sage ich.

»Ich brauche immer einen Helden«, sagt Hella, »einfach schon immer.«

»Ist doch okay«, sage ich, und weil Hella darauf nichts sagt, frage ich vorsichtig: »Oder nicht?«

»Überhaupt nicht okay«, sagt Hella und setzt sich auf den Bürgersteig. Sie wirkt verunsichert. Verletzt. Ich will mich zu ihr setzen, aber Hella sagt: »Geh weg!«

»Alles klar«, sage ich ruhig, »ich bleibe einfach hier stehen.«

Hella greift in ihre Hosentasche. Es knistert, als sie einen Tabakbeutel herausnimmt.

»Ist wegen meinem Vater«, sagt sie leise.

»Wegen deinem Vater?«

In diesem Moment wird mir klar, dass ich überhaupt nichts von Hellas Familie weiß, gar nichts. Sie hat nichts erzählt, und ich habe nicht gefragt, und darüber ärgere ich mich jetzt sehr.

»Sagt zumindest dieser Therapeutentyp. Mein Vater

ist damals weg von uns, da war ich fünf«, sagt Hella und leckt am Zigarettenpapier.

»Hatte irgendeine Neue in München oder so, auf jeden Fall habe ich ihn nie wieder gesehen.«

»Scheiße.«

»Mein Vater war der Größte für mich. Der konnte alles, also, damals zumindest.«

»Glaub ich.«

»Aber irgendwann war er weg, und dann brauchte ich natürlich einen neuen Helden.«

»Ist klar.«

»Hey, das ist nicht lustig.«

»Ich weiß.«

»Nichts weißt du, du Arsch ... aber ... also ...«, Hella unterdrückt erneut die nahenden Tränen, »jedenfalls war da irgendwann der Neue von meiner Mutter. Aber nur für ein paar Jahre. Dann war der auch wieder weg. Und dann brauchte ich wieder einen Neuen, immer wieder einen Neuen.«

»Das tut mir leid.«

»Ja, ja, blabla.«

»Mein ich ernst.«

»Von mir aus.«

In diesem Moment denke ich an Hellas Wohnung, an die Comic-Stars an den Wänden, die riesigen Poster, die Musiklegenden, die Vielzahl von Helden. Langsam wird mir einiges klar.

»Wollen wir mal Bier holen und uns irgendwo hinsetzen? Da vorne ist ein Späti.« Ich zeige auf ein grell leuchtendes Kiosk-Schild am Ende der Straße. »Lass uns da mal hingehen, ja?«

Hella sagt nichts. Kein Wort. Immerhin: Sie steht auf. Und geht Richtung Kiosk. Ich neben ihr her.

Vor dem kleinen Eckladen trinken wir im Stehen. Und Hella erzählt weiter.

»Du warst einer von denen«, sagt sie.

»Von den Helden?«

»Kein Grund, arrogant zu werden.«

Ich nehme einen Schluck. »Und irgendwann brauchtest du wieder einen neuen, richtig? Das war dann der Ober-Boomerang, oder?«

»Kann sein.«

Wir sagen einen Augenblick lang nichts.

Dann sage ich: »Ich kann das verstehen.«

Und das hätte ich nicht sagen sollen.

30

Die roten Punkte drehen ihre Runden, auf und ab und kreuz und quer. Buchstabe für Buchstabe füllen sie aus, bis sie eins sind und hinter der Scheibe »Open« aufleuchtet. Das Licht fällt auf und über mich, erst an der Straße endet es. Wo kein Rot mehr ist, ist Dunkelheit. Die letzten Fenster gegenüber werden schwarz. Nur hier, in dem kleinen Kiosk in Hamburg-Altona, kommt die Nacht noch nicht an.

Ich bin froh, dass es ihn gibt. Ab und zu kommt der Verkäufer raus. Er fragt, ob alles okay sei, ob mir nicht saukalt sei, ich solle doch reinkommen, Schnaps trinken, oder besser: einen starken Kaffee. Ich sage dem netten, dicken Mann, dass alles in Ordnung sei, alles bestens hier draußen. Die größte Lüge seit langem.

Ich nippe an der dickglasigen, braunen Bierflasche, ziehe das Etikett in Zeitlupe ab. Das Bier ist eiskalt und schmeckt schal, aber das macht mir nichts, mir ist nur wichtig, dass es wirkt, mehr will ich gar nicht. Seit Hella weg ist, sitze ich hier auf den Betonplatten des schmalen Gehwegs und trinke. Dreimal schon war ich drinnen am Tresen und habe Bier gekauft. Beim dritten Mal gleich zwei, sicher ist sicher, habe ich gedacht und mich wieder nach draußen geschleppt, in diese lange, einsame Hamburger Spätsommernacht.

»Was weißt du schon«, hat Hella gesagt, ach was, geschrien hat sie es, »einen Scheiß weißt du, Justus von Schweben, einen Scheiß. Dir haben sie alles in den Arsch geschoben, in deiner Scheißvilla in Scheißcharlottenburg. Du Scheißarschloch!« Dabei hat sie eine der Bierflaschen, die wir noch zusammen aus dem Kiosk geholt hatten, hoch in die Luft gerissen, und immer wieder »Ich glaub das alles nicht« gerufen. Irgendwann hat sie nicht mehr gekonnt oder gewollt oder beides, hat die Flasche wieder runtergenommen und mir dicht vor die Nase gehalten, bevor sie eine ruckartige Bewegung gemacht hat, eine Wurfbewegung, und die volle Flasche zwischen uns auf dem Boden zersprungen war. Einen kurzen, dumpfen Knall hat es gegeben. Das war's. Das war das Letzte, was ich von Hella gehört habe. Dann ist sie gegangen. Sie hat mich hier stehen lassen. Hier, im grellen Schein des Open-Schilds.

Eine Stunde ist das her, vielleicht zwei, ich habe kein Zeitgefühl mehr. Ich fühle nichts mehr, nicht mehr die Wut, die Hella ausgelöst hat, auch die Verzweiflung, die Ohnmacht, mit der sie mich zurückgelassen hat, sind nicht mehr da. Meine Beine liegen ausgestreckt vor mir, meine Füße rühren im zerbrochenen Glas. Ich lehne mich zurück, ziehe die Beine an, drücke mich fest an die Scheibe. Ich lege den Kopf in den Nacken und schließe die Augen. Ich nehme noch einen Schluck, dann stelle ich die Flasche neben mich auf den Weg, lege beide Handflächen auf den kalten, rauhen Beton, der sich in meine Haut bohrt, als ich mich darauf ab- und hochdrücke, um erneut aufzustehen. Auf den wenigen Metern in den Laden komme ich ins Stolpern, stütze mich am Eingang ab und sehe den besorgten Blick des Dicken.

»Alles gut«, sage ich gleichzeitig mit dem Ladentürklingeln, »muss nur kurz zum Kühlschrank, bin sofort wieder weg.«

Kraftlos ziehe ich die große Glastür auf, und als ich versuche, mir mit einer Hand zwei Flaschen herauszunehmen, fliegen dahinter noch mehr Flaschen um.

»Nichts passiert«, rufe ich Richtung Tresen, die freie Hand unschuldig hochhaltend.

Wieder draußen, wieder auf dem Boden, ziehe ich, ohne darüber nachzudenken, das Handy aus der Hosentasche. Ich tippe auf »Telefonbuch«. Ich suche nach »Zu Hause«. Ich weiß nicht, warum, aber ich drücke auf den grünen Knopf. Das laute Tuten im Ohr klingt bedrohlich.

»Wehmann bei von Schweben?«

»Frau Wehmann, 'n Abend, hier ist Jussi.«

»Jussi!«

»Wie geht's Ihnen?«

»Viel wichtiger ist, wie geht es dir? Es ist ja mitten in der Nacht, Junge. Ist alles in Ordnung?«

»Alles super, ich wollte nur mal kurz mit Vater sprechen.«

»Oh ...«, sagt Frau Wehmann und macht eine kurze Pause, ich meine zu hören, wie sie ein paar Schritte geht und eine Tür schließt. »Ja ... also ...«, sagt sie, »das ist jetzt natürlich schade, weißt du, der schläft nämlich schon.«

»Ach so.«

»Ja, wirklich schade, ist gerade ins Bett.«

»Geht's ihm gut?«

»Ja, ja, weißt du ja.«

»Ja.«

»So weit ist alles in Ordnung.«

»Ja.«

»Nun, vielleicht versuchst du es morgen noch mal? Das wäre vielleicht besser, so gegen ...«, weiter kommt Frau Wehmann nicht. Ich höre ein Rascheln. Dann klingt es, als wäre ihr das Telefon runtergefallen, und ich muss meins kurz zur Seite halten, so laut ist das. Als ich es wieder ans Ohr nehme, ist plötzlich Vater dran.

»Sag mal, wo bist du denn?«

»Vater!«

»Ja, ich bin dran, und wo bist du jetzt?«

»In Hamburg. Ich hab nur angerufen, weil ich mal wieder hallo sagen wollte.«

»Nachts um ... Wie spät ist es überhaupt? Frau Wehmann?«

»Ist doch egal«, sage ich freundlich.

»Ist doch egal, Frau Wehmann, Justus sagt: Ist doch egal. Und wenn Justus das sagt, ja ha, dann muss es ja stimmen, nicht wahr, Frau Wehmann? Sehen Sie doch genauso. Sehen doch alle so. Schon immer.«

Schnelle Schluckgeräusche am anderen Ende. Ich spüre eine leichte Wut in mir. Wut und Ohmacht.

»Du wolltest, dass ich dir helfe«, sage ich, »aber wenn du immer säufst, kann ich das nicht, kapierst du das nicht?«

Stille.

Von Vater kommt nichts mehr. Kein Wort. Dann, glaube ich, höre ich ihn weinen. Ist das wirklich Weinen?

Leises Weinen? Ich bin mir nicht sicher, es ist irgendwie sehr weit weg.

»Vater!?«, sage ich, frage ich, ach, ich weiß es auch nicht, und Vater sagt nun deutlich hörbar unter Tränen:

»Ich bin ein Feigling.«

»Was?«

»Ein Feigling, Justus, ich bin ein unfassbar großer Feigling.«

Wieder zügiges Schlucken. Ein Feuerzeug klickt. Langes Ausatmen.

»Ich habe gefleht, habe ins Telefon geschrien und gebetet, nachdem sie aufgelegt hat, habe immer wieder angerufen, aber nichts! Sie ist nicht rangegangen. Sie wollte nur sagen: Gib Jussi einen Kuss von mir und sag ihm, dass ich stolz auf ihn bin. Mehr nicht.«

»Ich weiß, das hast du mir doch auch erzählt.«

»Habe ich auch.« Vater zieht die Nase hoch, lässt ein kurzes Schluchzen zu. »Ich habe dir gesagt, was ich dir sagen sollte.«

»Ja, und das ist doch okay.«

»Feige ist das, das ist einfach nur feige.«

»Warum denn feige? Das ist doch Quatsch.«

»Das ist so feige, dass ich mich richtig schäme.«

»Was ist denn los, Vater?«

»Ich habe dir doch erzählt, dass Mama mich nach dem Unfall angerufen hat.«

»Ja.«

»Das stimmt aber nicht.«

»Was stimmt nicht?«

»Dass sie danach angerufen hat.«

»Hat sie nicht?«

»Nein, Justus, hat sie nicht.«

»Warum hast du es mir dann erzählt?«, frage ich Vater.

»Weil sie es so wollte.«

»Aber sie hat doch gar nicht angerufen.«

»Doch, hat sie.«

»Wie jetzt? Was denn jetzt? Hat sie jetzt angerufen oder nicht?«

»Hat sie«, sagt Vater, »aber nicht danach.«

»Wann denn sonst?«

»Davor, Justus, sie hat vorher angerufen.«

In mir beginnt sich alles zu drehen – Gedanken, Bilder, Erinnerungen. Noch sträube ich mich, aber langsam verstehe ich. Und ich fürchte mich, habe riesige Angst.

»Diese Scheißtabletten«, sagt Vater.

»Die waren wegen dir, oder?«

»Ja, ach, ja und nein. Mama war krank, Justus, so schlimm das jetzt klingt. Und irgendwann hat sie es auch mit den Tabletten nicht mehr geschafft. Sie wollte einfach nicht mehr.«

»Nein!«, flüstere ich ins Telefon.

Vater sagt nichts.

»Das stimmt nicht!«, werde ich lauter, und dann rufe ich schon, »das stimmt nicht! Das geht nicht! Das ...« Ich stoppe. Kann nicht mehr. Lege auf. Vor mir fühle ich nach dem gebrochenen Glas, erwische ein paar Stücke, spiele mit den Scherben. Schließe die Augen.

Ich weiß nicht, wie lange ich nur so dasaß, als irgendwann das Handy piept. Augen auf. SMS von Vater: *Es tut mir leid. Komm nach Hause, Justus. Bitte. Ich bin da. Ich warte auf Dich. Dein Vater.*

Ich stehe auf. Ach was, ich springe. Ich werfe die

Scherben zur Seite, gehe los, nicht nach Hause, auf keinen Fall, ich gehe ziellos und mit schnellen Schritten, folge nichts als der Straße, immer weiter, stolpere voran, fange mich wieder, Kronkorken und Münzen fallen aus meinen Taschen. Ich renne schon, von Laterne zu Laterne, vom Dunkeln ins Licht und zurück, und bald sind da keine Laternen mehr, die Straße macht einen Bogen, wird immer schmaler, und drum herum wird es immer dunkler. Es geht einen Hügel hinauf, ich strenge mich an, werde nicht langsamer, erst am höchsten Punkt komme ich völlig erschöpft zum Stehen. Die Mitte einer einsamen Brücke. Mein Herz rast. Um mich herum: schwarz. Alles schwarz. Der Himmel, die Häuser, das Wasser weit unter mir, meine Hände, die ich jetzt dicht vor meine Augen halte, um zu sehen, ob sie zittern: schwarz. Und könnte ich nur alles und mich im endlosen Schwarz vergessen, denke ich, für immer vergessen, das wäre es jetzt.

31

Zwei Stunden Zugfahrt, eine halbe Stunde im Taxi, und ich bin da, erstmal gerettet. Vor der Haustür von Herrn Sommer.

»Was machst du denn, mein Junge!? Komm rein, los!«

Der Weg war weit und mir ziemlich kalt, auch wenn es keine kalte Nacht ist. Die Luft steht noch zwischen den Häusern, der Tag wirkt nach, und als Herr Sommer die Fenstertür zum Garten aufschiebt, vor der ich einige Minuten stand und klopfte, immer wieder klopfte, bis das erste Licht im Haus anging, trägt er nur einen schwarzen Slip, sonst nichts.

Gekrümmt und die Arme vor innerer Kälte fest vor der Brust verschränkt, trete ich ins Wohnzimmer und auf einen der ersten Teppiche. »Danke«, sage ich.

»Ich hol mal was zu trinken«, sagt Herr Sommer, »Kaffee, Tee oder …«

»Schnaps«, sage ich.

Besser ist das, denke ich, jetzt heißt es, runterkommen, zurückkommen, zurück ins Hier und Jetzt, ins Leben, und das möglichst schmerzfrei, da hilft kein Kaffee, da hilft kein Tee, da hilft nur Schnaps. Herr Sommer eilt Richtung Küche, wo ich es klappern und klirren höre, als die Kühlschranktür auf- und zugeht. Als Herr Sommer zurückkommt, hat er zwei Kaffeetassen in der einen und eine Flasche Sambuca in der anderen Hand.

»Gut ist das nicht«, sagt er.

»Scheißegal«, sage ich.

Wir trinken Sambuca, ohne zu reden. Einen. Noch einen. Ich atme etwas ruhiger.

»Was ist denn passiert?«

»Um mit Vaters Worten zu sprechen«, sage ich, während ich nach der Schnapsflasche greife und uns beiden neu einschenke, »kommen wir gleich zur Sache.«

»Gut«, sagt Herr Sommer mit sorgen- wie erwartungsvoller Stimme.

»Mama hat sich umgebracht.«

»Junge!«

»Ja, ist so. Hat den Unfall mit Absicht gebaut.«

»Was sagst du denn da?«

»Hat Vater gesagt.«

»Das hast du von ihm?«

»Und er von ihr.«

»Von deiner Mutter?«

»Ja, von Mama. Hat ihn noch mal angerufen. Vorher.«

Herr Sommer kippt den nächsten Schnaps noch vor mir herunter.

»Bist du sicher?«

»Hat Vater doch gesagt.«

»Ja, ja, aber …«

»War so, muss man sich mit abfinden.«

»Das ist ja schrecklich. Wieso? Warum? Warum hat sie …«

»Vater sagt, sie war krank. Dann die Tabletten. Alles zusammen. Sie wollte einfach nicht mehr.«

»Oh du lieber Gott.«

»Tja«, sage ich und trinke wieder aus.

»Aber …«

»Auch noch einen?«, frage ich und habe die Flasche schon in der Hand.

»Ist vielleicht besser.«

»Meine Meinung.«

Wir trinken noch zwei.

»Heute Nacht bleibst du erstmal hier. Das Sofa ist deins.«

»Danke.«

Pause.

»Herr Sommer?«

»Ja?«

»So einen wie Sie, so einen hätte ich gerne zum Vater gehabt.«

»Sag so was bitte nicht.«

»Ehrlich, so einen wie Sie! Das wäre was gewesen.«

»Du hast einen Vater, mein Junge.«

»Und was für einen!«

»Einen guten, da bin ich mir sicher.«

»Wo Sie sich überall sicher sind, also, ich weiß ja nicht.«

»Ich glaube daran. An deinen Vater und dich.«

»Nett von Ihnen. Wird aber leider nichts.«

»Ich bin mir sicher, dass alles besser wird.«

»Ich mir nicht.«

»Ihr schafft das, Jussi!«

»Sie lassen auch nicht locker.«

»Es lohnt sich.«

»Na gut. Aber nicht heute, ja?«

»Ist gut.«

32

Zwei Wochen später

Berlin, backstage. Das Konzert ist vorbei. Hella sitzt neben mir. Wir haben wieder Kontakt. Nicht viel, aber wir kommen klar. Wir sitzen hier hinten zusammen. Stumm. Ich bin kaputt von jener Nacht, die auf Herrn Sommers Sofa geendet hat, zu kaputt auch, um darüber reden zu wollen, und auch Hella redet nicht. Sie tippt auf ihrem Handy herum. Ich lasse sie in Ruhe. Lenke mich ab, versuche es jedenfalls. Ich nehme das *Songbook*-Magazin, das vor mir auf dem Tisch liegt. Eigentlich scheißegal, so ein *Songbook,* denke ich, ist eh alles Quatsch, was darin steht, die ganze Branche ist Quatsch, wenn ich ehrlich bin, genau wie mein Part darin: riesengroßer Quatsch. So unwichtig wie nur was. Doch wenn ich im Moment auch an sehr viele andere, bedeutsamere Dinge denken muss, will ich irgendwie wissen, ob mein heute erschienenes Album *Flamingostar* den *Songbook*-Leuten gefällt.

Mit schnellen, zittrigen Fingern blättere ich die glatten, noch nach Druckerfarbe riechenden Seiten um. Die bunten Bandporträts auf dem Weg zum hinteren Heftdrittel nehme ich kaum wahr, die Bilder fliegen an mir vorbei.

Kurz vor dem Review-Teil blättere ich langsamer, sehe eine achtseitige Fotostrecke mit lässiger Anzugmode: Männliche Models mit Schnauz- und Vollbärten tragen karierte Zweiteiler, dazu superdünne Krawatten und Turnschuhe. Gibt es diese Männer auch außerhalb des Magazins, überlege ich nur kurz, denn dann bin ich am Ziel: die Albumbesprechungen. Zuerst die einseitige Abhandlung über das Album des Monats: The Boomerangs mit *Beam Us Up*. Ich blättere weiter. Endlich: die Top Ten. Mit mir, Justus von Schweben und *Flamingostar*. Unter dem Albumtitel steht schon die erste Bewertung: zwei von fünf Sternen. Erster, kleiner Schock.

Ich lese schnell:

Der mit dem Schmalz kämpft

Das Debüt von Sänger und Songschreiber Justus von Schweben ist musikalisch sehr soulig, textlich sehr kitschig.

Das Wichtigste vorneweg: Ja, der meint das ernst. Wirken die Stücke auf dem Debütalbum von Justus von Schweben beim bloßen Blick auf die Tracklist noch wie lustig gemeinte Parodien der mit Schmalz beladenen Schlagerkollegen, wird beim Hören schnell klar: Der Berliner Sänger und Songschreiber ist keinesfalls zu Scherzen aufgelegt. In seinen Liedern hält er textlich, was die Titel versprechen. Liebe, Sehnsucht, Herzschmerz: von Schweben besingt alles ganz direkt, unverschlüsselt, eben ziemlich schlageresque. Es geht um die Sehnsucht nach dem Mädchen, das – womöglich verständlicherweise – lieber in der Stadt tanzen geht als mit dem Song-Ich im Mondschein der Vororte abzuhängen. Um eine – mehr oder weniger – erotische

Erfahrung mit einer Burlesquetänzerin, die ihre ach so durchtriebenen Spielchen spielt. Und im – laut Beipackzettel – größten Hit des Albums (soll das heißen, es gibt noch weitere Hits darauf?), der traurigen Pop-Schnulze »Wo bist du jetzt«, beschreibt von Schweben laut Label-Infos »extrem persönliche Erlebnisse«. Ein Drama scheint vorprogrammiert, und tatsächlich: Umgarnt von einem Streichquartett aus dem Synthesizer singt der Zwanzigjährige seinen ganzen Schmerz heraus. Das klingt, als würde Sasha mit Bon Jovi zusammen Guns N' Roses' »November Rain« covern (mag man sich das auch nur vorstellen?). Immerhin: Rein musikalisch ist Flamingostar *kein gänzlicher Fehltritt. Nicht nur von Schwebens Stimme ist stark. Wunderbar rauh klingt die, es steckt viel Wärme darin. Auch das Rhodes-Piano – fast durchgehend von Schwebens einziges Begleitinstrument – hat durchaus Charme. Und Herz. Das ist irgendwie echt. Leider so echt, dass es auf diesem Album die weitaus besseren Geschichten erzählt.*
Keine Angst davor zu haben, Gefühle zu zeigen, ist das eine. Das ist gut, Voraussetzung auch für ein brauchbares Album. Gefühle aber so deutlich anzusprechen, so sehr auszureizen, dass von etwas vielleicht wirklich Schönem nur noch Musik für die Sonntagsterrasse *übrig bleibt (wie war's da eigentlich so, lieber Justus von Schweben?), ist unnötig und künstlich und schlichtweg zu vermeiden.* Flamingostar *ist ein erstes Album von einem tollen Sänger, das aufgrund der übertrieben erzählten Emotionen etwas zu gewollt klingt.*

Ich sehe rüber zu Hella. Starre sie an. Hella merkt nichts, sie tippt einfach weiter. Mein Blick fällt zurück auf den Text. Auf das *Songbook*. Ich halte es fest in den Händen. Kann es nicht weglegen. Der Verriss klebt an mir.

»Gewollt also«, sage ich leise vor mich hin in den kalten Raum. Ist jetzt auch egal, denke ich, scheißegal, und werfe das *Songbook* einfach über die Schulter und gegen die Wand. Ich sehe wieder Hella an und Hella jetzt auch zu mir. Mit ihren großen braunen und durch das Backstagedickicht einfach hindurchleuchtenden Augen sieht sie mich an. Sie sagt nichts. Von ihr kommt nur eine große, rosarote Blase: plopp!

Ich beuge mich über die Sofalehne, nehme mein Bier vom Boden und ein paar schnelle Schlücke. Mein Blick fällt auf die schwarzgraue, selbst im weinroten Schummerlicht nicht warm wirkende PVC-Auslage. Staub, Konfetti, vergossenes Bier, die Reste heruntergefallener Aschenbecher vermischen sich. Eigentlich mag ich diesen bunten Backstagebrei. Der hat irgendwas. Irgendetwas Eigenes, Schönes. Diese kleinen Sauereien hinter der Bühne, die Musiker hinterlassen, wenn sie weiterziehen, stehen für die endlose Party, die sie leben dürfen und die auch ich leben darf, wenn auch nicht mehr wie noch vor wenigen Monaten, als alles begann. Jetzt sieht es nach Party aus, fühlt sich aber nicht mehr so an, nicht für mich. Für mich hat der Raum nichts Einladendes. Ich habe hier ein unangenehmes Gefühl. Unangenehme Routine, denke ich, so weit ist es schon.

Hella ist wieder mit ihrem Handy beschäftigt. Ich muss sie nehmen, wie sie ist, denke ich, im Moment muss ich einfach alles nehmen, wie es ist, was bleibt mir anderes übrig. Lässt sich alles nicht ändern. Weder Hella noch die Musikindustrie, schon gar nicht die Familie, jedenfalls nicht meine.

Plötzlich fliegt die Zimmertür auf, und es knallt, als die Klinke auf die Wand trifft. Martin stürmt herein, natürlich ohne anzuklopfen, ohne zu fragen. Kein »Hallo, stör ich?«, kein »Na, wie geht's?«, nichts. Martin stapft einfach herein und direkt auf mich zu.

»Wir müssen mal reden«, sagt er, als er neben dem Sofa steht und sich suchend im Raum umsieht, »gibt da was, das wir besprechen müssen, dringend, jetzt. Und vorher: Wo ist denn hier das Bier?«

»Keine Ahnung«, sage ich.

Martin zeigt auf die Flasche in meiner Hand, sieht mich mit schräg gelegtem Kopf an und runzelt die Stirn. Ich zucke nur mit den Schultern. Von der Kiste hinter dem Sofa sage ich nichts. Soll er doch sehen, wo er bleibt, der alte Stressheini.

Martin nickt mir misstrauisch zu, zieht eine Schachtel Zigaretten aus der Tasche und zündet sich eine an. »Vielleicht müssen wir wieder YouTube machen«, sagt er, »das hat doch damals schon funktioniert, das war doch damals schon gut.«

»Damals, Martin, damals.«

»Was damals funktioniert hat, das funktioniert heute auch, das muss funktionieren, das muss.«

»Die Zeiten haben sich geändert, Martin.«

»Zeiten hin, Zeiten her, YouTube geht immer, mir macht da keiner was vor.«

»Is gut, Martin.«

»Nix, is gut!«

»Ja, nichts ist gut, weiß ich ja, ich meine ja nur …«

»Schluss jetzt, genug gemeint, wir müssen jetzt mal was tun, wir dürfen nicht stillstehen, die Konkurrenz …«

Plopp!

Ich verdrehe die Augen, trinke mein Bier aus.

»Ich hab's«, ruft Martin und gleich noch mal: »Ich hab's, logisch, ist doch klar!«

»Was?«

»Warum bin ich da nicht gleich drauf gekommen?«

»Worauf?«

»Das ist die Idee.«

»Martin!«

»Jussi, Castingshow! Wir machen Castingshow! Fernsehen! *My Sound!*«

»Scheißidee, Martin.«

»Knalleridee, Jussi, das machen wir, das wird ganz groß. Castingshow und nichts anderes, fertig aus.«

»*My Sound* ist Reality-Scheiß, Martin, und Reality-Scheiß mach ich nicht. Ich hab schon immer gesagt: Reality-Scheiß – ohne mich.«

»Ja, gut, aber …«

»Nichts aber.«

»Jussi!«

»Martin!«

»Jetzt reiß dich mal zusammen. Wenn wir das jetzt nicht machen«, sagt Martin, während er Rauch in die Raummitte bläst, »wenn wir das jetzt nicht machen, dann … dann … ach, wie auch immer: Wir müssen das jetzt machen. Punkt. Aus.«

Kurze Pause. Martin sucht nach einem Aschenbecher,

und weil es keinen gibt, drückt er die Zigarette einfach auf dem Fußboden aus und legt gleich wieder los.

»Jussi, jetzt denk doch mal nach: Jeden Samstag, 20 Uhr 15, das gucken die alle. Ich meine wirklich: alle.«

»Weil die alle bescheuert sind.«

»Bescheuert hin, bescheuert her, bescheuert scheißegal, du machst das jetzt, Jussi, und die gucken das, die gucken das alle!«

»Mach ich nicht.«

»Doch!«, wird Martin schon strenger. »Und wo ist denn hier jetzt das Bier?«

»Weiß ich nicht.«

Martin geht hektisch im Raum auf und ab, kratzt sich am Kinn. »Ich ruf Rainer an, der kennt mich noch von damals, von den Sweethearts, die hat der betreut, als ich mit denen bei *Stars in the Kitchen* war.«

»Du warst bei *Stars in the Kitchen?*«

»Ich doch nicht.«

»Hast du doch gerade gesagt.«

»Sweethearts, habe ich gesagt, die waren da, aber ist jetzt auch egal, jedenfalls: Rainer. Der macht mittlerweile auch *My Sound,* den ruf ich mal an.«

»Das machst du nicht.«

»Mach ich doch. Und du holst mal zwei Bier.« Martin zieht sein Handy aus dem Mantel.

»Martin, mach keinen Scheiß.«

»Ruhe jetzt und Bier her!«

»Martin!«

In diesem Moment vibriert mein Handy. E-Mail von Vater. Ich richte mich auf.

»Ich ruf da an«, sagt Martin.

»Warte mal«, sage ich, »und guck mal hinterm Sofa.«
»Geht doch«, sagt Martin.
Ich beginne zu lesen:

Betreff: Schlechte Kritiker

Lieber Justus,

es tut mir leid, sehr sogar. Was die über Dich und Deine Musik sagen – ich habe sie gehört, wieder und wieder –, das kann ich wirklich nicht verstehen. Das kann sicher niemand verstehen, der einmal richtig hingehört hat. Das alles ist doch nicht »gewollt«, nein, das ist vielmehr wunderschön. Wenn ich Dir und Deinen Geschichten folge, bin ich sofort bei Dir, ich fühle mit, da bin ich ganz ehrlich.
Ich gebe zu, dass ich lange nicht an Dich geglaubt habe und es vielleicht auch nicht wollte. Eigentlich war ich immer gegen Deine Musik. Heute kann und möchte ich mich dafür entschuldigen. Jetzt endlich weiß ich, dass die Musik Deine Berufung ist und dass Deine Lieder großartig sind.
Lieber Justus, bitte glaub den sogenannten Kritikern nicht. Glaub an Dich. Das tue ich auch.

Sehr bald hoffentlich mehr
Papa

Als ich am Ende von Vaters Mail angelangt bin, atme ich durch. Tief ein und aus. Bei jedem Atemzug fühlt es sich an, als falle etwas von mir ab. Das tut gut. So gut, dass ich versuchen will, zumindest mal auf Martin einzugehen: »Ist nur so ein Gedanke«, sage ich in seine Richtung, »aber ich glaube, ich weiß, wie es gehen könnte. Vielleicht machen wir das mit dem Fernsehen doch.«

»Guck an«, sagt Martin.

Und Hella: plopp.

Keine Ahnung, ob das richtig ist. Die Industrie wird sich so bald nicht ändern, denke ich, das Fernsehen schon gar nicht. Es kann sein, dass ich mich unglücklich mache, wenn ich mich jetzt auf irgendwelche TV-Deals einlasse. Aber ich kann auch nicht anders, als nach Vaters Mail darauf zu bauen, mit meinen Liedern auch in mir fremden Formaten voranzukommen. Sie für mich zu nutzen und unbeschadet zu überstehen. Ich will es jedenfalls versuchen. Ich muss nur lernen, die Geschäftsmenschen und ihr endloses Trara weniger engstirnig zu sehen, dann könnte es klappen. Vaters Zuspruch spornt mich ernsthaft an.

»Ja«, sage ich, »wir sollten darauf scheißen, was diese Leute aus uns machen wollen. Wir müssen uns im Blick haben.«

»Von mir aus«, sagt Martin.

»Wir müssen die Deppen mit Humor nehmen, am besten die ganze Industrie.«

»Klar«, sagt Martin und scheint schon wieder die entsprechende Nummer wählen zu wollen.

»Und wir müssen zusammenhalten«, sage ich und blicke zuerst Hella fragend an, dann Martin.

Hella nickt gelangweilt, Martin energisch und ungeduldig.

»War's das?«, fragt er.

»Moment«, sage ich, »ich will, dass wir das Ding zu unserem machen, und ich will, dass wir das alle wirklich wollen.«

»Ich hab doch schon genickt«, sagt Hella.

»Bin voll dabei«, sagt Martin.

»Schaffen wir das?«, frage ich.

»Ja!«, rufen beide im Chor, und ein Lächeln zieht über mein Gesicht.

33

Sechs Wochen später

Unser nächster Kandidat braucht eigentlich keine Vorstellung mehr. Denn er hat allen anderen Kandidaten schon etwas voraus: Er *hatte* schon einen Hit. Und was für einen. Vor gut einem Jahr hat er die Schlagerwelt mit ›Wo bist du jetzt?‹ auf den Kopf gestellt, nur er und ein altes Keyboard und die Erinnerung an eine Liebe, die er so schmerzlich vermisst. Jetzt ist er bei uns. Und wir sind froh, dass er hier ist: Justus von Schweben mit einem brandneuen Song.«

Show für dich

Strophe 1:
Alles an, alles aus
Die Lichter, der Schein, ich geh raus
Denk nicht mehr an gestern, an heute, an morgen
Denk nur an dich, deine leuchtenden Augen
Wenn du mich hier siehst
Siehst du nicht mich
Siehst du, was du willst
Was macht dich glücklich

Chorus:
Die Show war für dich
Für dich, dich, dich, dich

Und für dieses Gefühl
Das nur du mir gibst
Wenn ich da oben bin
Bin ich gut für dich
Und bin ich die Eins
Ist mein Lied nur deins
Die Show war für dich
Nur für dich, dich, dich, dich

Strophe 2:
Hallo, hier bin ich
Nicht ganz, nicht echt, nicht ehrlich
Nicht meine Welt, aber ich bin bereit
Für dich ist mir kein Weg zu weit
Erzähl dir eine Geschichte
Was willst du hören
Ich denk mir was aus
Das Schönste für deine Ohren

Chorus:
Die Show war für dich
Für dich, dich, dich, dich
Und für dieses Gefühl
Das nur du mir gibst
Wenn ich da oben bin
Bin ich gut für dich
Und bin ich die Eins
Ist mein Lied nur deins
Die Show war für dich
Nur für dich, dich, dich, dich

Bridge:
Du bist ein Star
Haben sie gesagt
Bin ich dein Star
Hab ich dich gefragt
Einer wie keiner, hast du gesagt
Und: Mach bitte so weiter
Ich mach's, ich bin für dich da

Chorus 2x:
Die Show war für dich
Für dich, dich, dich, dich
Und für dieses Gefühl
Das nur du mir gibst
Wenn ich da oben bin
Bin ich gut für dich
Und bin ich die Eins
Ist mein Lied nur deins
Die Show war für dich
Nur für dich, dich, dich, dich

Das Halb-Playback verhallt, Applaus setzt ein, starker Applaus. Standing Ovations. Die Leute, vielleicht zwei-, dreitausend im Studio, stehen auf für mich. Orchestermusik dringt aus den Lautsprechern. Moderator Oliver Timmermann kommt im schwarzen Samtanzug langsam zu mir auf die Bühne, während ich mich hinter dem Rhodes verbeuge.

»Wow«, sagt er und zeigt auf die weiterhin stehenden, jubelnden Menschen, »also, wenn das nicht eingeschlagen hat bei unserer Jury, dann weiß ich auch nicht. Aber erstmal zu dir, Justus, wie hast du deinen Auftritt erlebt?«

»Gut. War echt gut. Hat Spaß gemacht. Geht ja auch gar nicht anders, bei so einem Wahnsinnspublikum.« Ich winke und lächele Richtung Zuschauerränge.

»Da sagst du was. Aber was sagt unsere Jury? Jürgen, hat dich Justus' Show auch glücklich gemacht?«

Jürgen, Musikproduzent und -manager, sieht mich ernst an. »Ich muss leider sagen, mir hat das überhaupt nicht gefallen.«

Stille im Publikum, das mittlerweile wieder sitzt. Dann ein leichtes Raunen.

»Das war wirklich nicht das, was ich von einem erfahrenen Mann wie Justus von Schweben erwartet habe.«

Das Raunen wird lauter, erste Buh-Rufe.

Jürgen dreht sich zum Publikum, macht eine beruhigende Handbewegung, eine kurze Pause. Er sieht mich lange und streng an. Sagt schließlich: »Das war viel, viel mehr, als ich erwartet habe.«

Erleichtertes Klatschen von den Rängen

»Das war der Hammer!«

Die Zuschauer stehen wieder auf.

»Das war so viel Leidenschaft, so viel Gefühl, also, ich muss wirklich sagen: Bisher warst du hier der Beste.«

Das Publikum klatscht und springt und pfeift und grölt. Jussi-Plakate mit Herzen darauf werden geschwenkt.

»Und Claudia«, geht Oliver Timmermann dazwischen, »hat Justus deine Augen auch zum Leuchten gebracht?«

Claudia ist die Vorjahressiegerin von *My Sound,* ein

extrem bunt geschminktes Mädchen mit langen, braunen Haaren, das jetzt beide Arme nach oben reißt und mit den Zeigefingern in die Luft zeigt: »Meeeeeeeega!«, ruft sie, und das Publikum geht direkt mit. »Justus, erstmal ein Kompliment für dein Outfit: Jeans, Chucks, weißes Shirt – das ist obercool, das ist genau mein Geschmack, woher wusstest du das?« Claudia klimpert übertrieben mit den Wimpern. »Und dann spielst du da einfach drauflos und singst wie der nächste große Soulstar.« Claudia muss kurz pausieren, das Publikum ist zu laut. »Mich hat's umgehauen, wirklich. Um-ge-hau-en!«, schreit Claudia das letzte Wort einfach heraus.

»Danni«, moderiert Oliver Timmermann die Meinung von Schlagerkönigin Danni Pirsch an, »hat Justus' Geschichte auch in dir Gefühle ausgelöst – und wenn ja: welche?«

»Also, zuerst sollte man vielleicht mal erklären, was das da gerade für ein Lied war«, sagt Danni Pirsch, und ich bin gespannt, was sie damit meint, also was sie über das Lied weiß, denn erzählt habe ich darüber nichts. »Es ist ein Lied, das Justus für seine große Liebe geschrieben hat, ein goldiges Mädchen, das ich zufällig kenne, und zufällig ist es heute hier, es sitzt im Publikum, Hella, gib doch mal kurz ein Zeichen, damit wir wissen, wo du bist?«

Martin, denke ich. Der Arsch. Unglaublich. Unglaublich ist aber auch, was jetzt passiert: Ein Lichtkegel wandert durchs Studio, bis er einen erhobenen Arm erwischt, der, ich kann es kaum fassen, tatsächlich zu Hella gehört. Der schwarze Lockenball glänzt und glitzert, genau wie das Kleid, das Hella trägt und das hauptsächlich aus goldenen Pailletten besteht. Neben Hella steht Frau Wehmann und ruft immer wieder laut Danni Pirschs Namen, und neben ihr steht: Vater. Mit breiter Brust steht er da. Und er klatscht. Er klatscht und klatscht und klatscht. Und er lächelt.

»Danke Hella, dass du als Muse zur Verfügung gestanden hast«, sagt Danni Pirsch, »ohne dich hätten wir das gerade nicht erlebt.« Sie applaudiert mit erhobenen Armen in Hellas Richtung.

»Dreimal Riesenlob«, sagt Oliver Timmermann, legt einen Arm um meine Taille und ich einen um seine, »da fehlen einem die Worte, oder?« Er hält mir das Mikro unter die Nase.

Ich warte einen Moment, dann nehme ich Oliver Timmermann das Mikro aus der Hand. Das Publikum steht noch, kommt aber langsam zur Ruhe.

»Ich weiß nicht, was ich sagen soll«, sage ich, »vielleicht ... vielleicht sage ich einfach mal danke. Danke an die vielen lieben Menschen, die mich so sehr unterstützen. Danke an meine Familie, dass wir eins sind, und danke an meine Muse. Ihr bedeutet mir alles«, sage ich und grinse rüber zu Hella, und ich bin so glücklich. Hella grinst auch. »Danke fürs Zuhören«, sage ich laut in den schon wieder einsetzenden Applaus und gebe Oliver Timmermann sein Mikro zurück.

»Justus von Schweben«, ruft der noch, und ich winke und lächele und küsse in die Kamera, bis die mich nicht mehr einfangen kann. Das Ende der Show. Erstmal, denke ich.

In Erinnerung an M.

»Dieses Buch ist ein Muss für alle Ex-Landeier. Beängstigend nah an der Realität! Danke für den Flashback.«

Sven Voss, ZDF

ERIK BRANDT-HÖGE

Diskobushaltestellenhierarchie

ROMAN

Hannes will raus. Raus aus Lüttstedt und rein ins pulsierende Berlin. Also geht er und tauscht Heimat gegen Freiheit. In Berlin kennt er bald jeden Club. In Lüttstedt kannte er nur das Paradise hinterm Deich. Aber da gingen immer alle hin. Und wenn er mit seinem Kumpel in der Schlange vor der Disko stand, dann war das Versprechen der Nacht größer als alles andere. In der Stadt hingegen ist er allein. Verzweifelt sucht er im Alltag nach Echtheit, erlebt Höhenflüge und gerät ins Schleudern. Bis zu einer besonderen Begegnung. Bis es vielleicht Liebe ist.

»Kennt ja jeder: Erst schwitzige Jugend auf dem Land und dann hartes Rockleben in der Stadt. Erik Brandt-Höge hat es genauso aufgeschrieben, wie es ist. Mies. Aber super.«

Max Scharnigg

KNAUR